KB118631

토요일의
특별활동

토요일의 특별활동

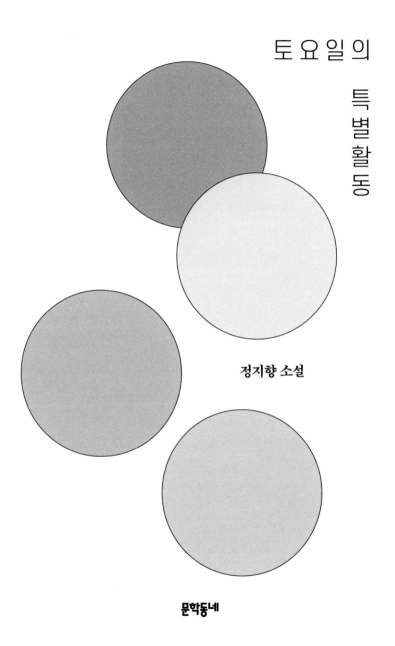

정지향 소설

문학동네

차례

토요일의
특별활동

적성연구부

정민의 엄마는 거실에 나오지 않는다. 몇 번이나 그애의 집을 들락거리는 동안에도 그랬다. 정민은 늘 목에 걸고 다니는 열쇠로 현관문을 연다. 그애가 안방에 간 사이 나는 거실 소파에 엉덩이를 반쯤 걸치고 앉아 귀를 기울인다. 닫힌 문 너머로 대화는 들리지 않고 텔레비전 드라마 소리만 흘러나온다.

엄마가 잠옷을 입고 있어서 그래.

묻지 않아도 그애는 매번 변명한다.

우리는 학교 앞에서 사온 것을 먹는다. 떡볶이와 납작만두. 납작만두는 가끔 순대고 가끔 꼬마김밥이다. 정민이 먼저 나무젓가락을 내려놓는다. 나는 떡볶이를 몇 개 더 집어먹고 자리에서 일어난다. 깨끗하게 비어 있는 쓰레기통에 그것들을 집어넣는다.

정민이 아무렇지 않게 건네는 칫솔은 그애 엄마의 것이다. 우리는 나란히 서서 양치를 한다. 정민이 거품을 뱉으면 나도 뱉는다. 브래지어가 앞가슴 가운데를 묵직하게 짓누른다. 작게 구역질이 인다. 칫솔이 목구멍을 건드려서일 수도, 토요일마다 학원을 빠지고 있다는 죄책감 때문이거나 집에 혼자 남겨져 있는 푸들 때문일 수도 있다.

갑갑하지 않아?

그애가 묻는다. 나는 벽 쪽으로 돌아서서 스타킹을 벗는다. 정민이 책상 위에 아무렇게나 뭉쳐둔 스타킹 옆에 내 스타킹을 놓는다. 주의해서 작게 갰는데도 올이 나간 부분에 발라둔 투명 매니큐어 자국이 눈에 띈다. 스케치북만한 창문으로 스미는 햇빛에 굳은 매니큐어가 반짝인다.

내내 우리는 침대에 누워 있다. 머리끝까지 이불을 덮어쓴 채다. 매끄럽고 따뜻하고 조금 갑갑하게 시간이 흘러간다. 우리는 껴안은 채 잠이 든다. 교복 블라우스가 축축하게 젖는다. 이불을 걷어내고 거실로 나오면 집안은 어둑하다. 그때까지도 텔레비전 소리가 멈추지 않는다. 정민은 다시 목에 열쇠를 걸고 문을 잠근다.

너는 왜 적성연구부야?

우리집으로 걸어가는 길에 정민이 묻는다. 단과학원 건물에서 아이들이 우르르 빠져나온다. 우리와 같은 교복을 입은 아이들도 있다.

담임 때문이지 뭐.

나는 대답한다. 초등학교를 졸업한 이후 3학년이 되도록 마주친 적 없던 정민을 적성연구부에서 다시 만났다.

격주로 주오일제가 시행되면서 놀토라는 단어가 쓰이기 시작했다. 학교에 가는 날에는 수업 대신 특별활동을 한다. 아이들은 그걸 특활이라고 부른다. 낯설고 딱딱한 단어를 몇 번 굴려보다 곧 적당한 말을 찾아내는 것이 아이들이 제일 잘하는 일이다. 나는 친구들과 약속한 대로 테니스부에 지원했지만 적성연구부에 배정된다. 다루기 좋도록 아이들을 떼어놓는 것이 담임들이 제일 잘하는 일이니 그렇다. 테니스부 말고도 많은 부서가 있다. 독서토론부와 수학연구부, 탁구부와 만화부, 합창부와 밴드부…… 적성연구부는 그 모든 부서 중에서도 적성을 찾지 못한 아이들을 위해 준비된 보루 같다. 역시나 각 반에서 가장 조용할 것 같은 아이들이 모인다. 적성연구부를 맡은 도덕은 인터넷에서 본 심리 테스트와 별다르지 않은 설문지를 나눠주고 지루한 듯 교실을 오간다. 정민과 나는 맨 뒷자리에 앉아 책상 아래로 손을 맞잡고 시간을 보낸다. 정민은 엄지손가락으로 내 손등을 부드럽게 쓰다듬는다. 동그랗게 불거진 마디들을 따라 손톱 끝까지. 다른 친구들과도 손을 잡지만 그런 식은 아니다. 누구도 나를 그런 식으로 만진 적은 없다.

정민은 우리 교실에 찾아오기 전에 꼭 문자를 보낸다. 나는 정민의 문자를 기다리면서도 그애의 교실에 가보지는 못한다. 내게는 쉬는 시간이면 함께 화장실이나 매점에 가야 할 친구들이 있다. 정민은 내 어깨에 팔을 두르거나 은근슬쩍 머리카락을 만진다. 때마다 불안이 퍼진다. 그 속에는 작고 뜨거운 만족감이 있다. 정민은 언뜻 눈에 띄지 않는 아이다. 키도, 교복 블라우스 너머로 비치는 어깨도 작다. 늘 신고 다니는 컨버스화는 거의 아동용처럼 보인다. 흔한 립 틴트나 얼굴을 희게 만들어주는 선크림도 바르지 않는다. 그런데도 그애에게는 소문이 많다. 짧은 머리 아래로, 역시 자그마한 귓바퀴를 따라 피어싱이 여러 개다. 큐빅은 잘게 자른 살구색 테이프로 가려져 있다. 가끔은 교복 바지를 입는다. 우리는 모두 그 스타일이 뜻하는 것을 어렴풋하게 안다.

시내 카페에서 그런 차림을 한 언니들을 본 적이 있다. 상가에 자리한 그 카페는 형광등 대신 곳곳에 놓인 장식등이 희미하게 불을 밝히고 있다. 유리문을 열고 들어서면 묵직한 담배 연기가 먼저 밀려나온다. 친구들과 나는 테이블에 싸구려 귀걸이와 볼펜, 새 다이어리 따위를 늘어놓는다. 산 것도 있고, 훔친 것도 있다. 어른의 기분으로 커피를 마신다. 테이블마다 쳐진 가림막 너머로 고등학생 언니들이 보인다. 언니들은 나란히 앉아 서로의 손을 어루만지고 혀를 섞는다. 더 내밀한 곳을 찾아서 자꾸만 겨드

랑이 아래로, 따뜻한 배 쪽으로 고개를 묻는다. 그 언니들도 정민처럼 머리가 짧다. 교복 바지를 입었고 어김없이 귀에는 피어싱이 많다.

집에 돌아오면 몸에서 그애 냄새가 난다. 몸을 움직일 때마다 옷이나 손목에서 뭉근하게 피어오르는 냄새다. 그건 그애 집의 냄새이기도 하다. 푸들이 꼬리를 흔들며 침대 위로 올라온다. 나는 개를 밀쳐내고 몸을 웅크린다. 정민의 방에서 그랬던 것처럼 머리끝까지 이불을 덮고 신경을 집중하면 내 방보다 조금 더 작은 그 방을 떠올릴 수 있다. 후각은 쉽게 둔해진다. 냄새가 사라진 자리는 공허하다. 나는 서랍 속에서 편지봉투를 꺼낸다. 봉투에는 이제 익숙해진 정민의 필체로 내 이름이 쓰여 있다. 푸르고 작은 알약을 먹으면 곧 혼곤하다. 처음에는 바로 잠이 들고 말았지만 이제는 꽤 버틸 수 있다. 푸들은 몸을 말아 젖을 핥는다. 몇 달이나 집밖으로 데리고 나간 적이 없는데도 어느 날 부풀어오른 젖이다. 개의 뱃속에는 네 마리의 강아지가 들어 있다고 한다. 나는 반쯤 꿈속으로 흘러들어간 채로 비틀비틀 거실을 돌아다닌다. 하지만 아무데서나 잠이 들지 않도록 주의해야 한다. 나를 바라보는 개의 초콜릿색 눈동자가 반짝거린다. 나는 밤중에 엄마가 들어오는 소리도 듣지 못하고 끈적한 꿈속을 떠다닌다.

일반적인 놀토

마우스에 과자 기름이 묻어 미끈거린다. 포카칩 봉투는 어느새 비어 있다. 나는 모니터에서 눈을 떼지 않은 채 책가방을 뒤적여 고래밥 상자를 찾아낸다. 푸들은 컴퓨터 책상 주변을 맴돈다. 나는 고래밥을 한 움큼 던져준다. 개가 이리저리 기어다니며 꽃게와 불가사리와 오징어를 먹는다. 학원을 모두 마치고 돌아왔는데도 겨우 정오다. 갑자기 늘어난 휴일을 나는 대부분 인터넷 서핑으로 채운다. 엄마에겐 놀토가 없으므로 저녁까지 나를 방해할 사람도 없는 셈이다.

나는 싸이월드 클럽에 접속한다. 지난밤 올린 내 글에는 여섯 개의 댓글이 달려 있다. 거짓말을 보태 게시물을 쓰는 것은 별로 어려운 일이 아니다. 정민과 만나기 시작한 것은 이번 학기가 시작될 무렵이었지만 일 년이 넘었다고 쓴다. 그애의 뒤통수를 가만 쳐다본 것도 그날, 적성연구부에서가 처음이었지만 백 번쯤 그랬다고 쓴다. 댓글이 하나씩 달릴 때마다 나는 글을 새로 읽어본다. 그럴 때마다 내가 쓴 이야기를 조금씩 더 믿게 되는 것은 이상한 일이다.

커피 앤 시가렛은 뒤뜰에서 만나자고 한다. 휴일의 학교는 생경하다. 누군가 나타나 왜 이곳에 있냐고 물을 것 같아 자꾸 고개를 돌려보게 된다. 컨테이너로 만든 매점과 선생들의 흡연구역 사이

14

에 덩그러니 놓인 벤치 주변엔 나무 따위가 없는데도 모두 등나무 벤치라고 부른다. 종일 그늘이 지는 웅달이라 이곳에서는 어느 계절에든 다리를 떨게 된다. 나는 폴더 폰을 딸깍거린다.

이 게시판 저 게시판을 기웃거리다 그녀의 게시물을 본 것이 화근이었다. 같은 지역 친구를 구한다는 글이었다. 어딘가 어른스러운 말투를 빼고라도 닉네임 때문에 나는 그녀가 성인이라고 생각했다. 그녀는 내가 쓴 모든 게시물에 댓글을 달아주었다. 다른 이들보다 길고 진중한 위로였다. 알고 보니 그녀는 같은 학교 상급생이었다. 커피 앤 시가렛은 자신이 가장 좋아하는 영화의 제목이라고, 그녀는 말했다.

커피 앤 시가렛은 앞머리를 반듯하게 잘라서인지 어딘가 새침해 보인다. 깨끗한 회색 트레이닝복을 위아래로 맞춰 입은 그녀는 키가 크다. 오래된 사이처럼 다정하게 내 이름을 부른다. 인터넷에서 알게 된 사람을 직접 만나는 일에 익숙한 것인지도 모른다. 우리는 운동장을 걷는다. 나는 내가 쓴 글 속의 과장과 거짓말을 기억해내려 애쓴다. 거짓말엔 거짓말이 따라붙는다. 대화를 마쳤을 때 그녀는 이제 자기를 언니라고 부르라고 한다. 언니는 학교에 다른 동생이 또 있다고 알려준다. 그건 다름 아닌 정민이다. 나는 내 이야기를 정민에겐 비밀로 해달라고 부탁한다. 집으로 돌아가는 길엔 체력장을 마친 것처럼 다리에 힘이 들어가지 않는다. 운동장의 모래먼지가 여기저기 올라붙어 얼굴이며 손이 온통 까끌하다.

동생들

정민과 나는 아이스크림이 든 봉투를 들고 언덕을 오른다. 어릴 때부터 한동네에 살면서도 가본 적 없는 길이다. 좁다란 골목 양쪽으로 주택이 다닥다닥 붙어 있다. 녹 냄새가 나는 대문을 밀고 들어서자 다시 더 좁은 골목이 이어진다. 가장 안쪽이 언니의 방이다.

그렇게 생긴 집은 처음이다. 현관에 들어서면 곧장 주방이 있고 큰방이 붙어 있다. 옆집에서 덜그럭거리며 그릇을 닦는 소리나 소리쳐 누구를 부르는 소리가 한집인 듯 들려온다. 큰방 컴퓨터 책상에 비슷하게 생긴 초등학생 둘이 붙어 있다. 쌍둥이 중 하나가 마우스를 쥐고 게임을 하고, 나머지 하나가 욕을 하며 발을 동동거린다. 곧 둘의 자리는 바뀐다. 그렇지 않아도 비슷한 얼굴을 익힐 새 없이 수선스럽다. 언니는 커다란 냄비를 꺼내 라면을 끓인다. 정민은 언니가 시키는 대로 햄을 꺼내 자르고 수저를 챙긴다. 나는 어쩐지 서먹해 멀찌가니 서서 휴대폰을 들여다보는 척한다. 접이식 식탁에 다섯이 둘러앉는다. 쌍둥이는 경쟁하듯 라면을 먹는다. 언니는 물이며 반찬을 꺼내오느라 계속 자리에서 일어난다.

정민의 서랍에 약이 있다면 언니의 서랍엔 말보로가 있다. 언니는 내게 담배를 권하지 않는다. 정민과 언니가 주방 창문에 붙어 서서 연거푸 두 대의 담배를 피우는 것을 지켜본다. 소주는 셋이 함께 마신다. 언니는 한 잔을 따를 때마다 페트병을 들어 남은 양을 확인한다. 내일은 일요일이고 일요일은 언니의 아빠가 돌아오는 날이다. 월요일부터 토요일까지, 언니의 아빠는 일하는 곳에서 잠을 잔다고 한다. 신중하게 물을 섞던 언니는 어차피 몰라, 하면서 페트병을 싱크대 아래로 던져 넣는다.

나는 엄마에게 전화를 건다. 학원에 다녀왔다고 거짓말을 한다. 엄마는 피곤한 목소리로 외박을 허락한다. 저편에서 누군가가 엄마의 이름을 부르고 곧 전화가 끊어진다. 이천원씩을 들고 종일 떠돌다 온 쌍둥이는 다시 컴퓨터 앞에 붙어앉는다. 언니가 소리를 지르자 아이들이 일어나 발을 닦고 돌아온다. 언니는 맨바닥에 이불 네 채를 길게 늘여 깐다. 덮을 이불도 추려 곳곳에 놓는다. 장롱에 있는 이불을 모두 꺼낸 것이므로 어떤 것은 계절에 비해 너무 얇고 어떤 것은 너무 두껍다. 쌍둥이와 언니, 정민이 방 안쪽에서부터 차례로 자리를 차지한다. 나는 머뭇거리다 끄트머리에 눕는다. 바닥에 누워 잠을 자는 것은 오랜만이다. 어쩐지 자꾸 오줌이 마렵다. 정적을 깨기가 어려워 참고 있자니 요의가 파도처럼 물러났다가 다시 찾아온다. 집에 가고 싶다는 생각이 든다.

나는 그날 밤 정민이 언니의 품으로 파고드는 것을, 그리고 언니가 팔을 벌려 그애를 안아주는 것을 본다. 너무 오래 뒤척여 어둠이 눈에 익은 탓이다. 까무룩 얕은 잠이 들었다 깬 무렵인지도 모른다. 그저 자신의 몸을 만지듯 자연스러운 움직임이다. 그 순간엔 이상하다는 생각이 들지 않는다. 언니와 정민이 혀를 섞는다. 말랑한 것들이 부딪치며 끈적한 소리를 낸다. 소리는 점점 자라난다. 다섯이 눕기에도 꽤 크다고 느껴졌던 방은 그 소리 속에서 점점 작아진다.

나는 다른 동생들처럼 눈을 꼭 감는다.

테니스부

여름방학에 나는 학원에서 월반한다. 좀처럼 좋아지지 않던 국어 점수가 올랐다. 자습실에 새로 조교가 온 것과는 무관한 일이라고 해두자. 그는 대학 휴학생이다. 알 것도 같고 모를 것도 같은 문제가 생기면 나는 그에게로 간다. 그가 국어 문제 속 소설 지문을 한 줄씩 읽어내리다 문득 고개를 든다. 그러곤 내 귀를 가리킨다. 나는 자리에 선 채 피어싱을 빼낸다. 약한 통증이 인다. 그의 손 위에서 자그마한 큐빅이 빛난다. 어느 날 정민과 시내에 나가 뚫은 피어싱이다. 귀는 금세 아물고 옅은 갈색 점 같은 흉터가 남는다.

이따금 싸이월드에 접속한다. 커피 앤 시가렛이 클럽에 남긴 글을 보고 정민의 미니홈피에도 들어간다. 그들은 서로에 대해 쓴다. 이름을 밝히거나 사진을 올리는 것은 아니지만 나는 글 속에서 쌍둥이, 수면유도제, 방에서 나오지 않는 엄마를 읽어낸다. 방학을 한 뒤로는 언니와 그애를 피해 다니는 일이 그리 어렵지 않다. 몇 주가 지난 어느 토요일 오후 문득 생각난 듯 한 번 울었을 뿐이다.

개의 뱃속에 있던 강아지들은 죽었다. 밤새 진통을 했는데도 엄마와 나는 알아차리지 못했다. 엄마는 연차를 내고 개를 병원에 데려간다. 푸들은 자궁을 통째로 들어낸다. 엄마는 침대에 올라온 개를 팔을 크게 휘둘러 내친다. 어느 날 나는 컴퓨터 앞에 앉아 있다 개가 없어진 것을 알아차리고 현관으로 나간다. 한 뼘 열린 현관문 너머로 개가 다른 개와 붙어 헐떡거리는 것을 본다.

다음 학기에는 테니스부에 들어간다. 친구들도 함께다. 똑같이 기초 수업을 받았는데도 나는 친구들만큼 공을 받아 치지 못한다. 체육복으로 갈아입는 일도 귀찮다. 나는 자주 생리중이라는 거짓말을 한다. 보름마다 생리를 한다고 해도 체육은 의심하지 않는다. 아이들은 점수를 내고 이따금 내 쪽을 돌아보며 브이를 그린다. 나는 박수를 치며 웃는다. 아이들이 친 공이 팽—팽 대기를 가로지른다. 구석구석에 쌓인 먼지 냄새가 강당을 부옇게 채운다. 앉아 있다보면 문득 궁금해지곤 한다. 그애는 왜 적성연구부에 들어갔던 걸까.

한나

진아는 한나가 자신을 모른 체한다고 생각했다. 수업이 시작된 뒤에도 강의실은 어수선했다. 학생 몇이 청강을 신청하려고 교탁을 둘러싸고 서 있었다. 동문의 젊은 소설가가 맡은 창작 수업이었다. 그다지 들을 만한 강의가 열리지 않는 계절이면 신입생과 재학생이 모두 몰려 경쟁이 치열했다. 수강신청에 성공한 학생들은 느긋하게 자리를 지켰다. 진아는 창가 자리에 반쯤 상체를 뉘고 앉아서 한나의 뒷모습을 훔쳐보았다. 원피스는 너무 짧아 허벅지를 반도 가리지 못했고, 꽃무늬가 지나치게 큰 탓에 신입생이 아니라면 입지 않을 옷처럼 보였다. 한나가 고개를 움직일 때마다 높게 묶은 긴 머리도 따라서 흔들렸다.

첫 수업의 과제는 시를 한 편씩 써오는 것이었다. 강사는 신입생만을 골라 시를 읽게 했다. 그가 모든 강의를 시작하는 방법이었다. 신입생들은 밤새 자신이 가진 몇 권의 시집을 뒤적였을 것이고, 뭔가 썼다 지우기를 반복했을 것이고, 인정욕구와 좌절을 오가며 밤을 지새웠을 것이다. 그러고는 자신은 그다지 욕심이 없다는 얼굴을 꾸미고 앉아 있는 것이었다. 진아는 자리에서 일어나 시를 읽는 아이들의 귓등을 보았다. 개중에는 쉽게 붉어져 표정을 드러내는 귓등도, 그렇지 않은 것도 있었다. 모두가 집중할수록 읽는 이의 숨은 차츰 더 떨렸다. 이미 강사의 수업을 겪어본 진아는 그가 참을성 있는 태도로 모든 신입생의 낭독을 들을 것임을, 그후엔 꽤나 선언적인 말―그러니까 우리는 이제 작가로서의 자신을 드러내는 일에 익숙해져야 할 것이며 동시에 자만과 수치심 사이의 끝없는 줄다리기 역시 시작된 것이라는 이야기―로 오리엔테이션을 끝마칠 것임을 알고 있었다. 창밖으론 나른한 아침의 캠퍼스가 내려다보였다.

한나는 그날 유일하게 산문시를 써온 신입생이었다. 자리에서 일어난 한나가 천천히 클리어 파일에서 종이를 뽑아들었다. 진아는 한나를 대신해 숨을 골랐다. 형제의 손목에 주저흔이 생길 때 너는 조금씩 죽어간다, 는 문장으로 한나의 시는 시작되었다.

한나는 언젠가 채팅방에 이런 말을 쓴 적이 있다.
아픈 언니가 있다는 건 아플 권리를 영영 빼앗기는 거야.

진아는 한나가 있는 곳으로부터 이백 킬로미터 떨어진 도시의 작은 방 안에서 그 문장을 중얼거렸다. 새벽 세시나 네시쯤이었을 것이다.

둘은 같은 온라인 문학회 회원이었다. 한때는 웬만한 예술고 문예창작과보다 공모전 수상자를 많이 배출한다는 소문이 돌 정도로 큰 커뮤니티였는데, 그즈음엔 문학회를 주도하던 선배들이 모두 졸업을 하고 남은 이가 몇 되지 않았다. 그중에서도 진아와 한나는 가장 자주 카페에 들르는 회원이었다. 둘은 백일장 연습용으로 쓴 에세이를 돌아가며 게시했고, 서로 댓글을 달며 가까워졌다.

진아는 백일장에 나가면 곧잘 이등상이나 삼등상을 탔다. '사다리'라는 시제를 놓고 여러 아이들이 '이삿짐센터 사업을 시작한 아버지의 고군분투'라는 서사를 떠올리더라도, 진아는 좌절된 계층이동의 꿈과 사다리차 사고를 번갈아 묘사하는 데로 나아갈 줄 알았다. 자신이 읽었던 소설과 다른 백일장 수상작들을 교묘히 엮어 글을 쓰는 건 진아에게 그다지 어려운 일이 아니었다. 심사를 맡은 어른들이 고등학생에게 어떤 이야기를 기대하는지—가족의 해체, 소녀들 사이의 교묘한 알력 싸움, 인터넷 중독 같은 현실적인 소재와 단순하고 맑은 묘사, 그리고 그 속에서 어쩔 수 없이 드러나고야 마는 십대 특유의 긍정 따위—에 대해 진아는 본능적으로 이해하고 있었고 그것을 능숙하게 변주할 수도 있었다. 그러나 잘 만들어진 진아의 글은 읽기에 따라 건조하고 단단해서 파고들

틈이 없는 것처럼 여겨지기도 했다. 진아는 그런 지적을 들을 때마다 큰 비밀을 들켜버린 듯 불쾌했다. 그녀는 매일 저녁 다문화 가정이나 농어촌 청소년에 관련된 다큐멘터리를 다운로드해 보면서 새로운 무언가를 찾아내려고 했다.

반면에 한나는 고집스러울 정도로 한 가지 이야기만을 반복해서 썼다. 한나의 언니는 다섯 살 위로, 어릴 때부터 심약했고 벌써 몇 번이고 자살기도를 했다고 했다. 그 때문에 신경쇠약에 걸린 어머니도 자주 병원 신세를 졌다. 한나가 십대가 된 후로 지겹도록 이어져온 일이었다. 한나의 어머니는 시간이 갈수록 큰딸의 일거수일투족에 집착했고, 그럴수록 한나의 언니는 더 멀리 도망쳤다. 두 사람의 관계에 어린 한나가 낄 틈은 좀체 없었다. 진아를 글쓰기로 이끈 것이 진아가 읽은 소설들이었다면, 한나를 글쓰기로 이끈 것은 어디에든 자기 이야기를 쏟아내고 싶은 욕구였을 것이다. 한나는 '언니가 죽은 지 삼십 일 되었다고 나는 생각한다'라거나 '언니가 입원한 뒤로 집안에는 끈적한 유령이 떠돈다'고 썼다. 진아는 외동이었고, 언니에 대한 애증과 불안, 질투가 뒤섞인 그 내용을 모두 이해하지는 못했다. 그러나 덕분에 남들이 내밀한 이야기를 털어놓을 때 어떻게 대답해야 하는지 또래보다 일찍 배웠다. 진아는 최대한 문장이나 구조에 대한 지적을 피하고 한나의 마음에 대해서 이야기하려고 했다. 때론 '한나. 눈이 와. 창밖 봤어?' 하고 글과 상관없는 댓글을 다는 것이 더 낫다는 걸 알았다.

그들은 곧 매일 밤을 함께 새우기 시작했다. 각자 글을 쓰다가 채팅방으로 돌아와서 대화를 나누었다. 학교에 가선 머리를 흔들며 졸았다. 수업시간뿐만 아니라 쉬는 시간이나 점심시간에도 잠은 이어졌다. 학교 친구들과의 대화가 줄었고 전교 석차는 한 번에 오십등씩 뚝뚝 떨어졌다. 진아와 한나는 스스로의 불안을 달래듯이 서로를 달랬다. 소설만을 생각하자. 그들은 백일장 수상 실적으로 대학에 가고 싶었고, 언젠가는 작가가 되기를 바랐다. 그 꿈이 아슬아슬하게 느껴질수록 더 자주 채팅방을 찾았다. 실제로 만난 건 몇 번 되지 않았지만 그즈음 한나와 진아는 서로를 가장 가까운 존재로 여겼다.

한나가 마지막으로 연락을 해온 것은 일 년 전이었다. 한나는 진아가 자기를 보러 내려와주기를 바랐다. 진아는 한나가 백일장에 다닌다는 핑계를 대고 동네 수영 강사의 집을 들락거리는 것을 알고 있었다. 한나는 그 남자에게 임신 사실을 말하지 않겠다고 끝내 고집을 피웠다. 진아는 아르바이트로 모아두었던 몇 푼의 돈을 한나의 계좌로 보냈다.

—언니, 내가 나중에 갚을게.

한나가 문자를 보내왔을 때 진아는 화가 났다. 그간에도 진아는 그 연애를 말리고 싶었지만 그러지 못했다. 한나는 자존심이 세고 자기가 결정한 일을 좀체 무르려 하지 않는 사람이었다. 그런 한나가 진아는 한 번도 쉽지 않았다. 이렇게 될 줄 알았어, 진아는 말하고 싶었다. 한나가 그 이야기를 털어놓을 유일한 사람이 자기라는 사실이, 그리고 그 사실을 피하고 싶었다는 것이 진아를 더 화나게 했을 것이다. 울컥울컥 치솟는 응어리를 몇 번 삼킨 뒤에 그녀는 이렇게 썼다.

ㅡ쓸데없는 소리 하지 마.

답장은 오지 않았다. 몇 달 뒤 통장엔 한나에게 보낸 것과 같은 금액이 찍혔다. 그것으로 끝이었다. 신입생이었던 진아는 진아대로 낯선 도시에 적응하고 새로운 소속감을 만끽하느라 정신없이 바빴고, 그즈음 시작된 그녀의 첫 연애 역시 질퍽하고 서투르기는 마찬가지였다. 한나의 전화번호가 바뀌었다는 것도, 한나가 자신과 같은 학교에 입학하게 되었다는 사실도 진아는 다른 문학회 회원에게 들었다.

그러니 그날 한나가 시를 낭독하지 않았다면 진아는 다시 인사를 건넬 용기를 내지 못했을지도 모른다. 한나는 복도를 지나가는 사람들이 모두 돌아볼 만큼 큰 소리로 웃으며 진아를 껴안았다.

언니, 보고 싶었어.

진아는 한나를 마주 껴안았지만 그 말을 다 믿진 못했다.

*

　그해 봄이 가기도 전에 둘은 부고를 들었다. 얼마 전 예대를 졸업하고 고향으로 돌아갔다던 문학회 선배의 부고였다. 그들은 오후에서야 문자를 받았는데 발인은 다음날 새벽이었다. 진아는 그때까지 조부모의 장례조차 치러본 경험이 없었지만, 그 짧은 장례가 의미하는 것이 무엇인지 본능적으로 짐작할 수 있었다.

　한나가 진아의 자취방에 들렀다. 둘은 진아가 가지고 있는 검은색 옷을 모두 꺼내 좁은 바닥에 펼쳐두고 이리저리 맞춰보았다. 옷은 계절에 비해 너무 두껍거나 얇았고, 어떤 것도 장례식에 적당해 보이지 않았다. 둘은 머리를 굴려보았지만 다른 색의 옷을 적절히 섞어 입어도 된다고는 생각지 못했다. 결국 한나는 진아의 검은 원피스 위에 반짝반짝 광이 도는 야구 점퍼를, 진아는 여름 블라우스 위에 검은 후드 티셔츠를 겹쳐 입었다. 엘리베이터에 비친 꼴이 우스웠다.

　지난밤을 꼬박 새워 술을 마셨다던 한나는 버스에 올라타선 곧 잠이 들었다. 버스는 꽉 막힌 강변을 벗어나 고속도로에 들어서자마자 속도를 내기 시작했다. 둘은 두어 번 시간을 맞춰 학교 식당에서 같이 점심을 먹기는 했으나 벌어진 거리를 줄이기에 충분한 시간은 아니었다. 한나는 신입생 환영회다 뭐다 불려다니며 매일 술자리를 가졌다. 기숙사 통금 시간을 넘겨 밤을 새우는 일도 예사인 듯했다. 선배들과도 어울렸지만 주로 학생회를 이끄는 부류로, 진아가 친하게 지내는 이들은 아니었다. 학교 앞 술집 거리에서 우연히 마주칠 때면 한나는 붉어진 얼굴로 진아를 끌어안고 "언니랑도 마시고 싶어. 언니랑도 마실래" 했다.

서울에서 한 시간 거리의 그 도시는 한나의 고향이기도 했다. 더러운 터미널 화장실에 다녀온 뒤에 한나가 앞장서 택시 정류장으로 걸었다. 소도시의 밤거리에 봄비가 어지럽게 쏟아지는 중이었다. 터미널을 중심으로 형성된 작은 번화가에 아웃렛과 마트, 전통시장과 노래 주점 따위가 뒤얽혀 있었다. 택시 기사에게 목적지를 말하고 나서 둘은 잠시 침묵을 지켰다. 그제야 자신들이 어디로 가고 있는지 실감했다. 한나가 한숨을 내쉬었고, 진아가 한나의 팔뚝을 살짝 쥐었다가 놓았다.

병원 한구석에 별관으로 마련된 장례식장이었다. 홀을 채운 조문객은 모두 한나와 진아의 또래들이었고, 그래서 그건 괴상한 엠티나 개강총회처럼 보였다. 아이들이 입은 어두운 옷이 기묘한 느낌을 더했다. 홀에도 분향소에도 상복 차림을 한 가족은 보이지 않았다. 앞치마를 맨 아주머니 두 분이 홀을 지켰는데, 바삐 움직이는 그들의 얼굴에서는 특별한 표정을 읽어낼 수 없었고 조문을 온 아이 중 누구도 그들이 선배의 가족인지 혹은 고용된 이들인지 알지 못했다.

영정사진 속 선배의 모습은 진아와 한나가 기억하는 것과 꼭 같았다. 대학 입학 무렵 찍은 증명사진인 듯했다. 턱선에 맞춰 자른 단정한 단발머리에 아직 젖살이 덜 빠진 얼굴이 통통했다. 둘은 나란히 서서 향을 피우고 인사를 했다. 홀로 들어서자 한쪽 테이블을 차지하고 앉은 문학회 사람들이 손짓했다. 선배들이 둘에게 자리를 내어주고 직접 카운터로 가서 밥을 받아왔다. 저녁을 거른 참이었는데도 국에 만 밥이 껄끄러워 잘 넘어가지 않았다. 한나와 진아는 술 생각이 없었지만 결국 다른 테이블의 모든 대학생처럼 소주를 땄다.

문학회 회원들은 각기 다른 도시에 흩어져 살았고 전국 단위의 고교생 백일장이 열리는 날에만 서로 만났다. 버스나 기차를 타고 낯선 도시에 도착해 함께 찜질방에서 밤을 보내고 부은 눈으로 김밥천국에서 아침을 먹었다. 그것이 진아와 한나에겐 매일같이 앉아 있던 교실의 풍경보다도 그들의 고교 시절을 더 정확하게 상징하는 장면이었다. 터미널에 내릴 때 곧장 느껴지던 낯선 냄새와 여기저기서 들려오던 사투리, 이방인으로서의 감각, 온라인으로만 이야기를 나누던 사람들과 만난다는 설렘과 시상식이 모두 끝나고 홀로 집으로 돌아가던 길의 쓸쓸함. 그들은 한 시절을 몇 가지 상징적인 장면을 중심으로 기억하는 데에 익숙했다. 그건 좋다고도, 나쁘다고도 말할 수 없는 것이었다. 그냥 책을 읽고 소설을 쓰는 동안 아주 서서히, 그러나 분명하게 일어난 변화였다.

진아가 조심스럽게 품고 있던 생각을 확인한 것은 여럿이 담배를 피우러 나간 자리에서였다. 비가 그친 눅진한 공기에 포근한 여름 냄새가 설핏 섞여 스쳤다.

신춘문예 응모를 많이 했었거든, 걔가.

누군가 그렇게 말했고,

어제 밤중에 그랬대.

누군가 또 그렇게 말했다. 어둠 속에서 희끄무레한 담배 연기가 피어올랐다. 잠깐의 정적이 흐른 뒤 또 누군가,

떨어졌다나봐.

하고 기어코 말을 맺었다. 그뒤론 다시 다들 조용했다. 진아는 잠깐 복도식 아파트 난간에 기대서 있는 조그마한 몸집을 생각했고, 그 생각이 불에 덴 듯 뜨거워서 본능적으로 익숙한 얼굴을 찾아 눈을 돌렸다. 한나가 양손으로 얼굴을 비비고 있었다.

발인 보고 갈 거야?

다시 홀로 들어왔을 때 한 선배가 물었다. 한나는 끝없이 하품을 해대고 있었고 진아는 더이상 무거운 공기를 견디기 힘들었다. 그렇다고 서울로 돌아갈 수도 없는 시간이었기 때문에 그들은 그냥 고개를 끄덕였다. 더 올 손님은 없는 것 같았는데도 그때껏 몇몇 대학생들이 홀을 서성이며 일을 돕고 있었다. 한나와 진아는 밖에 나가 잠깐 눈을 붙이고 새벽에 돌아오기로 했다.

집에 갔다 올래?

택시를 기다리고 서 있는 동안 진아가 재차 물었지만 한나는 고

개를 저었다.

그들은 시내의 모텔촌으로 향했다. 붉은빛 에나멜 페인트로 외벽을 칠한 곳이나 팝콘과 DVD를 제공한다는 입간판을 세워놓은 곳은 어쩐지 적당치 않아 보였다. 한나와 진아는 골목 끝으로 걸어가 낡은 모텔 앞에 멈춰 섰다. 자그마한 주차장을 지나 건물로 들어서자 카운터 안쪽에서 졸고 있던 주인아저씨가 고개를 들었다.

방에서는 쿰쿰한 냄새가 났고 이불의 무늬는 허옇게 바래 있었다. 진아는 이전에도 모텔에 가본 적이 있었지만 이렇게 좁고 어두운 곳은 처음이었다. 한나가 출장 다방 광고가 빼곡하게 프린트된 각 티슈를 집어들고 이리저리 살펴보았다. 둘은 취기에 겨우 세수만 하고 침대에 엎어졌다. 진아가 상체를 일으켜 전등을 껐다.

그건 아픈 거야. 신춘문예 같은 거 때문이 아니라고. 그렇게 말하면 안 돼.

벽 쪽으로 돌아누운 한나가 짐짓 화를 내고 숨을 쌕쌕 몰아쉬었다.

나도 그 언니 잘 모르지만, 그래도 그건 안 돼.

한나가 다시 말했다. 진아는 이불을 끌어올려서 한나의 몸에 덮어주었다.

그래. 모르면 그냥 말 안 하면 되는데. 그렇게 말하면 안 되지.

진아가 어두운 천장을 보면서 말했다. 한나는 한참이나 말이 없다가는 잘 채비를 하듯 베개를 다시 돋웠다.

진아는 저녁 내내 문득문득 고개를 돌려 바라본 영정사진 속 얼굴을 떠올렸다. 다른 자리에서 마주쳤다면 진아는 선배를 잘 안다고 생각했을 것이고, 어쩌면 조금 더 잘 알게 되었을지도 몰랐다. 그들은 언젠가 함께 여름 엠티를 가서 고기를 구워먹고 계곡에 몸을 담근 적이 있었고, 백일장에서 만나 서로 생리대며 수정 테이프를 빌린 적이 있었다. 예대에 합격한 뒤에 선배는 문학회에 남을 후배들을 위해 길고 다정한 시험 후기를 남겨주었다. 한동안은 문자로 연락을 이어가기도 했다. 그러나 지난 삼 년 남짓한 시간 동안 선배가 누구를 만났고 어떤 일을 겪었는지, 진아는 거의 알지 못했다. 다만 자신의 경험에 비추어 스무 살 무렵의 사람이 얼마나 유연한지, 얼마나 다양한 모습으로 구부러질 수 있는지를 생각했다. 이제 진아는 선배를 안다고 말할 수 없을 것이었다. 그렇게 생각하자 누운 침대와 좁은 방, 그리고 그들이 하룻밤 머무는 그 도시가 한없이 낯설게 느껴졌다. 진아는 한나의 숨소리가 차츰 느려지는 것을 오래 들었다.

둘은 발인에 맞추어 가지 못했다. 몇 번 깨어 뒤척이다가 완전히 침대에서 일어난 것은 오전 열시가 다 되어서였다. 문학회 사람 몇이 남긴 문자엔 질책이 묻어 있었다. 둘은 공범의 기분으로 느긋하게 샤워를 하고 볕이 쏟아지는 거리로 나섰다.

그 도시엔 여전히 그네 의자가 대롱거리는 카페가 남아 있었다. 십 년 전쯤 유행했던 스타일의 카페였다. 진아와 한나는 치렁치렁

한 조화 넝쿨 아래에서 커피를 마셨다. 그러고는 시내를 좀 걸었다. 어느 소도시에나 있는 유흥가가 펼쳐졌다. 문 닫은 술집들 사이사이로 오락실, 아트박스, 코인 노래방 따위가 보였다. 그 언니도 이런 델 다녔겠지. 방학식 날이면 친구들과 균일가 미용실에서 파마를 하고, 학기가 시작될 때는 스케줄러를 고르러 다니면서. 진아는 생각했지만 말하진 않았다. 한나는 스니커즈를 질질 끌며 진아의 뒤를 따라 걸었다. 바닥엔 지난밤 비에 젖은 전단지가 곤죽이 되어 달라붙어 있었다. 지금쯤 학교에서는 수업이 한창일 것이었다. 진아는 몇 년 전의 한 시절로 돌아간 듯 기시감을 느꼈다.

*

돌아가는 길에 둘은 터미널에서 한 무리의 남자애들을 만났다. 낯이 익은 듯하다고 생각했을 때 그들 중 한 사람이 다가왔다. 그들은 선배의 대학 동기들로, 운구를 도와달라는 이야기를 듣고 남았다가 이제 돌아가는 길이라고 했다.

문학회 친구분들이시죠?

남자가 묻고는 곧장 쇼핑백 하나를 내밀었다.

가족들께서 이거 가져가서 보라고 하셨어요. 보고 나중에 돌려달라고. 따로 유서 같은 건 없지만 작품이 좀 있을 거라고. 문학회 다른 분이 가져간다고 하셨는데 잊어버리셨나봐요.

한나는 얼결에 쇼핑백을 받아들었다. 구겨지고 군데군데 젖은 쇼핑백 안에 든 것은 흰색 노트북과 어댑터였다. 한나와 진아가 서로 눈을 마주치며 상황을 파악하는 사이 저편에서 남자의 무리가 그를 부르며 소리쳤다. 그는 이제 막 출발하려고 시동을 건 안산행 버스로 달려가 몸을 실었다. 버스는 몸을 길게 뒤로 뺐다가 터미널 바깥쪽으로 머리를 틀었다. 두 사람은 한참 멍청히 그 풍경을 바라보았다. 마침내 한나가 결심한 듯 쇼핑백을 끌어안고 먼저 티켓 부스로 걸어갔다.

그날 이후 한나는 자주 진아의 자취방에 찾아왔다. 어디선가 술을 마시고선 문을 두드리는 일이 잦아져서 진아는 도어 록 비밀번호를 단순한 것으로 바꾸고 한나에게 알려주었다.

진아는 그즈음 공모전을 준비하기 시작했다. 입시 이후 온통 질린 기분이 되어 한동안 글을 쓰지 못하고 지내던 참이었다. 스무 살 내내 홍대 앞 공연장과 그 주변의 술자리에서 보고 들은 것을 자기가 만든 세계 안에 차곡차곡 정리했다. 학교에서 돌아오면 지칠 때까지 소설을 쓰다가 잠드는 생활이었다. 아침에도 눈이 떠지는 대로 책상 앞에 앉았다. 대체로는 지난한 시간이었지만 드물게 속도가 붙을 때면 다른 무엇에서도 느껴보지 못한 만족감이 밀려왔다.

그동안 한나는 교양수업엔 전혀 들어가지 않고 전공수업만 오갔다. 남은 시간에는 소설을 읽고 술을 마셨다. 술을 마시면서 소설을 읽기도 했다. 낮부터 시작된 음주는 자주 새벽까지 이어졌다. 혼자 마시다가 사람들과 함께 마셨고, 함께 마시고도 모자라 혼자 또 마셨다. 밤중에 돌아온 한나는 고양이 같았다. 소리를 별로 내지 않고 들어와 샤워를 하고 잘 준비를 마쳤다. 그런데도 진아는 잠에서 깨어 꿈인 양 살금살금 오가는 한나를 보곤 했다.

선배의 노트북은 손이 잘 닿지 않는 책장 가장 위 칸에 놓여 있었다. 쇼핑백에서 꺼내보지도 못한 채였다. 한나와 진아는 그것을 어떻게 해야 할지 결정하지 못했다. 문자를 돌려보았지만 노트북을 가져가겠다고 한 선배가 누구인지 아는 사람이 없었고, 몇에게선 답장조차 오지 않았다. 한나와 진아는 작은 싱글 침대에 몸을 붙이고 누운 채 그들의 의중을 알아보려 했다.

우리가 발인 당일에 사라져서 미움을 산 거야.

말한 사람은 한나였고

그냥 다들 지쳐서 그래. 아무 말도 하기 싫은 거겠지.

말한 쪽은 진아였다.

둘은 오랜만에 문학회 카페에 들어가보았다. 마지막으로 올라온 글은 육 개월 전의 것이었고, 그나마도 문예창작 학원을 홍보하는 게시물이었다.

학기가 흘러가는 동안 책장 위 칸에는 한나와 진아가 전공수업 때문에 구입한 평론집과 이론서 따위가 쌓였다. 노트북이 든 쇼핑백 위에 책을 놓을 때마다 둘은 크고 작게 놀랐고, 책더미가 늘어나며 쇼핑백이 보이지 않게 되면서부터는 좀더 빠르게 책장에서 돌아설 수 있었다. 진아는 시험공부를 하다 말고 종종 고개를 들어 그 자리를 노려보곤 했다.

한나는 수업에 제출할 소설을 좀처럼 완성하지 못했다. 진아가 합평을 받고 초고를 고쳐 공모전에 제출한 뒤 또다시 두어 주가 더 지나도록 한나는 매일 노트북 앞에 앉아 문장을 썼다 지우기를 반복했다. 소설은 물론 한나의 십대 시절에 관한 것이었다. 사춘기 이후로 다섯 번 자살을 시도한 언니가 여섯번째 시도에 성공했다는 것이 첫 문단의 내용이었다. 한나는 그것을 아주 건조하게 묘사해서, 마치 화자가 언니의 성공을 축하하는 것처럼 느껴졌다. 그 묘한 분위기가 소설 전체를 이끌어나가고 있었다. 슬퍼하는 것도, 애도하는 것도 아닌 듯한 어법. 진아는 한나가 지난봄 다녀온 장례식의 몇 장면을 사용한 것을 알아챘다.

네가 쓴 소설 중에 제일 좋아.

진아는 진심으로 말했지만, 한나는 탈고를 하지 못하고 합평 순서를 뒤로 미뤘다.

결국 마지막 수업을 앞두고서야 한나는 소설을 제출했다. 수업 카페 게시판에 소설이 올라왔을 때 진아는 이미 몇 번이나 읽은 그 글을 다시 찬찬히 살펴보았다. 이번에는 그녀 자신의 눈이 아니라 한나를 전혀 모르는 다른 사람의 눈으로 읽으려고 애썼다.

몇몇 부분에서 한나의 소설은 다른 학생들의 것보다 훨씬 더 성숙하게 느껴졌다. 예컨대 언니의 장례식에서 무신경하게 진미채를 질겅대거나 돌아앉지도 않고 이 사이의 수육을 빼내려 쩝쩝대는 입들을 가만히 응시할 때, 그것을 미워하지 않으려고 건조한 입술을 피가 나도록 꽉 물 때. 구석에 쭈그려앉은 화자가 그 풍경을 아주 오래도록 바라보았듯이, 한나도 긴 분량을 할애해 끈질기게 묘사를 이어갔다. 진아 자신이나 다른 학생들이라면 지루하다거나 감정이 과하다는 평가를 듣지 않기 위해 피했을 일이었다. 그러나 한나는 원하는 대로 썼고, 빠르게 전환되는 장면들과 군데군데 놓인 그런 진득한 묘사가 섞여 결국엔 고유한 리듬으로 읽혔다.

마지막 수업은 가쁘게 흘러갔다. 과락만은 면하려는 학생들이 종강 직전 와르르 작품을 제출했기 때문이었다. 그날따라 학교 중앙 냉방 시스템에 문제가 발생한 탓에 강의실은 찌는 듯 더웠다. 열어둔 창으로 헌혈차의 확성기 소리가 반복적으로 들려왔다. 이미 많은 수업이 종강을 한 뒤여서 강의실에는 달뜬 기운이 감돌았다. 평소에는 한마디라도 더 얹어 강사의 관심을 받아보려던 모범생들도 건성으로 페이퍼를 넘기며 시계를 힐끗거렸다.

한나는 평소보다 집중해서 수업을 듣는 척했다. 강사의 말을 메모하거나 휴대폰을 켜서 누군가 언급한 레퍼런스를 검색했다. 진아가 보기에는 긴장을 감추려는 술책 같았다. 한나는 강사의 수업을 좋아했다. 입시를 준비할 때는 그의 소설과 그에 대한 평론을 모두 몰아 읽었고─'우리 학교 출신 작가 중에 누구를 아냐'는 등의 면접 예상질문을 대비한 것이기는 했지만─. 그 때문인지 시간표를 짤 때 가장 먼저 그 강사의 강의 목록을 살펴보았다고 했다. 진아는 책상 위에서 분주히 움직이는 한나의 손을 모른 척했다.

군대에 간 사이 바람을 피운 같은 과 여자친구를 저격하기 위해 쓰인 것이 자명한 작품을 모두가 건성으로 합평한 뒤, 강사가 교탁에서 시선을 들어올리며 한나의 이름을 불렀다. 한나가 손을 들었다. 강사가 유심히 한나의 얼굴을 보며 소설의 제목을 길게 늘여 말했을 때, 진아는 한나의 소설이 좋은 평가를 받을 것임을 알아챘다. 창작 수업의 강사들은 아이들을 지나치게 추켜세우거나 지나치게 질책하지 않으려고 노력하는 듯했다. 그러나 아이들은 미세하게 달라지는 뉘앙스에서도 그들의 감정을 읽었다. 가끔 눈치 없는 학생이 반대 의견을 길게 말했지만 대체로는 빠르게 강사의 의견 쪽으로 수렴되기 마련이었다.

강사의 지목을 받은 학생들이 한나가 쓴 소설 속 문체의 고유성과 캐릭터의 일관성 따위에 대해 언급했다.

작가가 고민을 많이 해서 쓴 소설이라는 게 느껴지죠.

강사는 차분하게 말했다. 그러곤 예를 들면, 하고 운을 뗀 후 페이퍼를 뒤적였다. 한참 뒤에 그는 장례식 묘사 중 진아가 줄을 그었던 바로 그 부분을 찾아내어 천천히 읽었다. 한나는 한마디도 놓치지 않으려는 듯 그가 읽은 부분을 펜으로 따라 그었다.

학생은 앞으로 소설을 더 많이 써봐도 좋겠네요.

강사가 펜 끝으로 한나의 페이퍼를 톡톡 두드렸다. 진아는 그가 할 수 있는 최대한으로 한나의 재능에 대해 말하고 있다고 생각했다. 진아가 지난 합평에서 들은 '소설의 기본을 거의 습득하고 있다'는 이야기보다 훨씬 더 긍정적인 평가였다.

종강 뒤풀이는 강사가 학부 시절부터 즐겨 다녔다던 학사주점에서 했다. 진아는 교양과목 시험을 보고 나와 뒤늦게 그곳으로 갔다. 한지로 싸인 전등이 희미한 불을 내뿜었고 그 아래에는 아이들이 먹고 간 자리 그대로 술잔이며 수저가 어지럽게 흐트러져 있었다.

이쪽으로 와요.

이미 술에 잔뜩 취한 강사가 진아를 부르며 손을 뻗어 악수를 청했다. 진아는 엉거주춤 신발을 벗고 맞은편에 앉았다. 테이블 모서리에 앉아 있던 한나도 진아의 등을 두드리며 알은체를 했다.

저랑 제일 친한 언니예요.

한나가 말했다. 강사가 진아의 잔을 채워주었다.

진아씨, 우리가 무슨 이야기를 하고 있었냐면, 오늘 한나씨 소설을 읽었잖아요. 한나씨는 병원에 가야 하거든요. 병원에 가는 게 나쁜 게 아니거든요. 응, 그러니까, 한나씨가 진아씨 얘기를 했어요. 둘 다 예전엔 병원에 다녔었다면서요.

진아는 몇몇 대학원 선배들이 그토록 강사를 따르는 이유를 금방 눈치챘다. 그는 말을 시작할 때도, 말을 하는 와중에도 곧잘 추임새처럼 상대의 이름을 불렀고, 그건 얼마만큼 계산된 것 같았지만 꽤 다정하게 들리기는 했다. 진아가 한나를 쳐다보았다. 한나는 약간 눈이 풀려서 실실 웃음을 흘리고 있었다.

그런 얘긴 왜 해?

진아가 쏘아붙이자마자 한나가 뭘, 하고 받아쳤다. 강사는 한나에게 치료가 필요한 이유에 대해 장황하게 설명을 늘어놓았다. 진아는 소주를 넘기고 다시 잔을 채웠다.

한나와 진아는 한때 약을 먹었다. 처음엔 한나가 시작한 일이었다. 그애는 부엌 찬장에서 엄마와 언니가 먹는 약을 몰래 꺼냈다. 개중엔 우울증 치료제와 진정제, 수면제도 있었고, 불안을 줄이고 집중력을 높여준다는 페니드 계열의 약도 있었다. 한나는 인터넷으로 약의 성분을 확인하고 마음대로 조합했다. 그러고는 채팅방에 과열된 문장을 늘어놓았다. 문장의 흐름이 너무 빨리 바뀌는가 하면 꿈처럼 몽롱하고 알 길 없는 이야기를 할 때도 있었다. 진아는 한나를 다그친 끝에 한나가 새벽마다 약을 먹는다는 사실을 알게 되었다. 진아는 한나가 걱정되었지만, 한편 한나가 말하는 '몽롱한 느낌'이나 '샤프하게 집중이 되는 느낌'이 궁금하지 않은 것은 아니었다. 진아는 자신을 둘러싼 별 볼 일 없고 조용한 세계에서 조금 더 멀리 나아가고 싶었기 때문에, 한나는 더이상 찬장에서 원하는 만큼의 약을 꺼낼 수 없었기 때문에 병원에 다니기 시작했다. 그들은 각기 첫번째 시도에서 그다지 책임감이 없는 의사를 만날 수 있었다. 진아는 자신이 집중에 문제를 겪는 것 같다고 이야기하는 것만으로 페니드를 손에 넣었고, 수면제 역시 어렵지 않았다.

진아에게 그건 별로 다시 꺼내고 싶지 않은 주제였다. 진아와 한나는 그 시기 동안 글을 쓰는 대신 지나치게 각성하거나 몽롱한 채로 의미 없는 이야기를 끝도 없이 해댔다. 한나에게는 자기의 상처를 드러내는 기묘한 방식이었겠지만, 진아는 한때의 치기로 기억하고 있을 뿐이었다.

취기 때문인지 한나와 강사는 주변의 눈길을 그다지 의식하지 않았다. 테이블을 사이에 두고 적절하지 않은 눈빛과 적절하지 않은 스킨십이 아무렇지 않게 오갔다. 진아는 테이블에 앉은 선배들을 살폈지만, 그들은 전혀 신경을 쓰지 않는 듯 다른 이야기를 나누거나 휴대폰을 들여다보고 있었다.

그래서 거기가 어디라고요?

한나가 늘어진 목소리로 물었고,

아니, 몇 번 이야기해요.

강사가 답했다. 강사가 한나의 손을 잡고는 다른 한 손으로 가방을 뒤져 펜을 찾아냈다. 그러고는 한나의 손바닥에 병원의 이름을 적었다. 진아는 가만히 그들을 보았다. 병원의 이름을 다 적고 나서도 한나의 손을 놓지 않던 강사와, 자신의 손바닥을 들여다보다 고개를 든 한나가 서로 눈을 피하지 않던 순간을.

*

　새벽녘 진아가 눈을 떴을 땐 막 욕실에서 나온 한나가 발가벗은 채 전신 거울 앞에 서 있었다. 한나는 진아의 시선을 느끼고 막 씻어낸 말간 얼굴로 돌아보았다. 물에 젖은 긴 머리카락이 등에 달라붙어 있었다. 욕실에서 흘러나온 노란 불빛이 한나의 몸을 비췄다. 엉덩이에도 살이 별로 없어서 허벅지와 거의 구분 없이 나지막한 곡선을 그리고 있었다. 그것은 그것대로 예쁜 몸이라고 진아는 생각했다.

　언니, 있잖아. 이거 보여?

　한나가 다가와서 마른 배를 내밀었다. 옅은 흰 선이 배꼽 아래로 나 있었다.

　별로 티나지 않지?

　한나가 물었고 진아가 고개를 끄덕였다.

　이 선이 말이야, 임신할 때 생기는 거래.

　한나는 침을 꿀꺽 삼키고 말을 이었다.

　병원에 갔다 온 지 얼마 안 됐을 때 엄마랑 목욕탕에 갔다? 물이 너무 뜨거워서 난 탕에 발만 담그고 걸터앉아 있는데, 엄마가 손끝으로 이걸 가만히 쓰다듬는 거야. 근데 난 몰랐어. 이게 임신을 해서 생기는 건지는.

진아가 잠에 잠긴 목소리로 물었다.

그러곤?

그게 다였어. 그냥 이렇게 쓰다듬었어.

한나는 남의 몸을 만지듯 천천히 손끝으로 자기 배를 훑었다. 진아는 할말을 얼른 찾지 못하고 한나를 보았다. 한나는 잠깐 그렇게 침대에 앉아 있다 풀썩 일어나서 옷을 찾아 입었다. 진아에게 꼭 들어맞는 티셔츠가 한나의 몸엔 원피스처럼 넉넉했다.

술 마실까, 우리.

한나가 말했다.

둘은 편의점으로 가서 소주와 맥주를 샀다. 아르바이트생은 바코드를 찍으면서 브라를 하지 않은 한나의 가슴께를 노려보았다. 원룸 건물로 들어가려는 진아를 한나가 끌었다. 거기에서 오 분 거리에 지방하천이 있었다. 한나는 정자 위로 뛰어올랐다. 노인들이 자주 모여 낮시간을 보내곤 하는 장소였다. 누군가 가져다놓은 이 인용 소파와 너덜너덜한 안락의자 따위가 자리를 차지하고 있었다. 진아가 한나를 따라 정자 바닥에 앉았다. 둘은 맥주를 한 모금 마시고 캔의 빈틈으로 소주를 부어 넣었다. 한나는 진아가 틀어둔 노래를 흥얼거리며 검은 진흙 같은 개천을 바라보았다. 한동안 가물었던 탓에 물 냄새가 비렸다. 물가에 자란 긴 잡초 사이로 막걸리 병 몇 개가 버려져 있는 것이 보였다.

그 무렵 한나는 집이 없는 사람처럼 보였다. 기숙사에는 짐을 챙길 때만 들어갔고, 늘 과방이나 동아리방 그리고 동기들과 진아의 집을 오가면서 쪽잠을 잤다. 그런 생활방식은 옷차림에서도, 걸음걸이에서도, 아무데나 주저앉는 모양새에서도 차츰 짙게 느껴졌다.

종강 뒤풀이 이후로 한나는 자주 강사를 만났다. 한나는 누구에게도 그 이야기를 하지 않았지만 진아에게는 스스럼없이 털어놓았다. 진아가 공범이라도 되는 것처럼. 그의 방에서 빌려온 책을 진아에게 보여주는가 하면 그의 작업 테이블에 어떤 메모들이 붙어 있었는지 이야기하기도 했다. 강사는 다른 학교나 문화 센터에서 수업을 하는 내내 한나 생각을 했다거나, 작가들과의 술자리에서 자기도 모르게 한나 소설에 대해 말했다는 등 자주 메시지를 보내왔다. 한나는 그 모든 것이 별일 아니라는 듯 굴었다.

그렇지만 방학이 흘러갈수록 한나는 남아도는 시간을 어쩌지 못했고, 대부분의 시간을 강사의 연락을 기다리며 초조해했다. 자주 휴대폰 전원을 껐다가 켰다. 전화가 걸려오면 발신자를 확인하기도 전에 휴대폰을 움켜쥐고 방밖으로 나가려고 몸이 먼저 달싹거렸다. 매일같이 카카오톡 프로필 사진과 상태 메시지를 바꾸다가 갑자기 전부 삭제하기도 했다. 진아와 같이 술을 마시다가 문득 좀 걸어야겠다면서 이어폰을 귀에 꽂고 밤거리로 나서는 일이 잦았다. 없는 용돈을 끌어모아 그를 만날 때 입을 옷을 사대고 삼

각김밥이나 바나나로 끼니를 때웠다. 진아는 그런 모습을 모른 척했고 언제나 그랬듯 한나를 말리지 못했다.

한나는 맥주 캔을 집어들고 그것이 생경한 물건이라도 되는 듯이 거기 적힌 문구를 살펴보고 있었다. 한참이나 진아가 그 모습을 바라보는 동안 한나의 눈동자는 못박힌 듯 제자리에 머물렀다.

집에 전화 잘 안 하지?

진아가 물었고, 한나의 머리가 살짝 위아래로 움직였다.

한나의 엄마는 언니에게 연락이 닿지 않을 때만 한나에게 전화를 한다고 했다. 서울에 있는 언니의 집에 찾아가보라는 것이 용건이었다. 한나의 언니는 잦은 입원과 시시로 찾아오는 무기력 때문에 육 년째 대학에 붙어 있었다. 언니가 전화를 받지 않을 때 한나의 엄마는 발작에 가까운 걱정을 했다. 매시간 눈덩이처럼 불어나는 불안이었다.

어차피 내가 안 가보면 엄마가 직접 가보니까, 상관없어.

한나가 진아의 생각을 다 읽은 듯이 그렇게 말했다. 진아가 한나의 허벅지 곁에 풀썩 누웠다. 두어 마리의 바퀴벌레가 정자 천장의 틈으로 몸을 숨겼다.

이제야 한 학기 마쳤다니. 시간이 왜 이렇게 안 갈까?

진아가 중얼거렸고, 한나가 누운 진아의 얼굴을 빤히 내려다보았다.

*

가끔 안고 싶고 만지고 싶었는데 진아는 그것이 어떤 감정인지 스스로에게도 정확히 설명하지 못했다. 좋아한다거나 혹은 욕망을 느꼈다거나, 어쨌든 그런 식으로 언어화할 수 없는 감정이었다. 그냥 한나가 곁에 있을 때, 한나의 살냄새를 맡을 때 그쪽으로 손을 뻗고 싶었다. 그건 한없이 말갛고 단순한 욕구였고, 그래서 때때로 마치 그냥 저질러버려도 아무 상관 없는 일처럼 느껴졌다. 하지만 진아는 그렇게 하지 못했다. 막아둔 둑으로 물이 차는 것처럼 천천히 감정은 차올랐다.

*

갑자기 여행을 결정한 것은 8월의 어느 새벽이었다. 한나와 진아는 지하철 첫차를 타고 터미널에 도착해 강원도의 한 도시로 향했다. 외박을 나온 군인들이 몇씩 짝을 지어 읍내의 피시방과 당구장, 술집을 오갔다. 둘은 민박 간판이 세워진 낡은 주택에 들어가 보름치 방값을 흥정했다. 그러고는 집 앞의 '두 마리 치킨'을 단골로 삼았다. 술을 마시고 차도 사람도 없는 밤거리를 오래 걸었다. 빛이 있는 곳이라면 어디든지 하루살이가 득시글했다. 주인 내외가 아홉시면 잠자리에 들었기 때문에 밤중에는 목소리를 죽여 이야기를 나눠야 했다.

그러니까, 우리 과에는 홀수로 꼬인 애들이랑 짝수로 꼬인 애들이 있다는 거지.

진아가 이미 했던 말을 또 반복하면서 웃었다.

응. 안 꼬인 애들은 없다는 거지. 홀수로 꼬이면 존나 멀쩡한 척을 해대고 짝수로 꼬이면 그냥 대놓고 미친년인 거지.

한나가 따라 했다. 그리고 둘이 함께 아는 몇몇을 소환해서 그애들이 자신의 트라우마를 어떻게 드러내고 과장하는지 평가했다.

그래도 짝수로 꼬인 애들이 좋지 않냐. 미친년이라도.

응. 짝수로 꼬인 게 좋아. 아닌 척하는 애들은 싫어. 그래도 짝수로 꼬인 애들은 내면화를 했다는 거거든.

근데 너도 멀쩡한 척하잖아.

이렇게 꼬였다가 저렇게 꼬였다가 계속 꼬이는 거지. 언니는 안 그랬냐.

한나가 정색했다. 진아가 정적을 깨려고 웃었다. 한나가 더 크게 웃음을 터뜨렸다.

진아는 강사에 대한 소문을 생각했고―하루에도 몇 번씩 그랬던 것처럼 또 한번―그것을 한나에게 말해버리고 싶었다. 진아는 다른 학교 문창과에 다니는 친구들을 통해 이야기를 들을 수 있었다. 조심스럽게 그의 이름을 꺼낸 뒤에는 더 물을 필요도 없었다. 강사가 출강하는 몇몇 학교에 걸쳐 떠도는 뒷이야기는 꽤 자세했다. 강사가 왜 지방에서 온 아이들에게만 관심을 보이는지, 아이들이 낸 소설에서 어떤 냄새를 맡는지, 칭찬에 목이 마른 아이들을 어떻게 끌어들이는지. 그리고 왜 그가 그렇게 자주 "문창과 수업은 교실 밖에 있는 것 같아요" 하고 너스레를 떠는지.

강사의 연락이 뜸해지면서 한나는 자신과 강사의 관계를 의심하기 시작했다. 자신이 강사에게 확신을 주지 못한 것은 아닐까, 너무 성급히 그의 집에 따라갔었던 것은 아닐까, 한나는 자주 후회했다.

그냥 내가 많이 좋아하게 되었다고 얘기할까?

한나가 말할 때마다 진아는 조용하고 은근하게 말리느라 애가 탔다.

그럼에도 진아는 자신이 한나에게 강사에 대한 소문을 전할 수는 없다는 것을 알았다. 한나는 그 구체적인 소문 속에서 분류되고 정형화된 소녀 중 하나였다. 강사가 좋아한다는 마르고 작은 체구, 긴 머리와 약간 그을린 듯한 피부의 여자는 한나와 꼭 같았다. 소문 속 여자와 한나를 하나하나 맞춰보다보면, 한나 특유의 장난스러운 표정이, 평소에는 높다가도 웃을 땐 낮아지는 독특한 목소리가, 달릴 때 드러나는 허벅지의 작고 단단한 근육이, 그러니까 그애의 모든 세세하고 고유한 특성이 모두 녹아 사라지는 듯했다.

하지만 어떻게 그럴 수 있지? 진아는 생각했다. 한 사람에 대한 소문이 이렇게나 넉넉히 흘러다니는데 어떻게 수면 위로 떠오르지 않을 수 있을까. 알아보려고만 하면, 손을 뻗으면 바로 거기에 모든 이야기가 있었다. 그와 다른 사람들이 살아가는 세계와 한나와 또다른 여자애들이 살아가는 세계 사이에 단단한 막이 있어 그 두 세계는 좀처럼 뒤섞이지 않는 것처럼 느껴졌다.

한나는 뒷마루에 앉아 맨얼굴에 햇볕을 쏘이며 낮시간을 보냈다. 둘은 배낭에 잔뜩 싸온 책을 반도 읽지 못했고, 숙소 텔레비전 옆에 놓여 있던 96년도판 바둑 잡지나 99년도판 『컴퓨터 따라잡기』 같은 책을 더 자주 물끄러미 들여다보았다. 그러다 한나는 문득문득 진아를 돌아보며, 언니, 우리 이렇게 통닭만 먹고 살아도 될까, 여름 과일이 먹고 싶다, 하고 실없는 말을 뱉었다. 그럴 때 한나의 얼굴은 오래 울고 난 사람처럼 힘없이 맑았다.

지루한 여행에서 한나는 꼭 한 번 진아의 볼에 입을 맞춘 적이 있다. 두 마리 치킨의 사장이 끝나지 않는 둘의 술자리에 지쳐, 알아서 술을 꺼내 마시라 이르고 카운터 뒤 쪽방으로 들어간 새벽녘이었다. 에어컨은 꺼진 지 오래였고, 먼지가 주렁주렁 매달린 선풍기가 돌아가고 있었다. 열어둔 창 밖으로 비에 젖은 시꺼먼 아스팔트 도로가 펼쳐져 있었다. 진아는 영업용 냉장고에서 차가운 소주를 한 병 꺼내와, 땀을 뻘뻘 흘리며 창을 향해 앉은 한나의 볼에 소주병을 갖다댔다. 놀란 한나가 배시시 웃었다. 그러더니 문득 고개를 들어 진아의 볼에 입을 맞추었다. 건조한 입술이 가만히 닿아 소리도 나지 않는 입맞춤이었다. 진아가 놀란 채 한나의 눈을 마주보자 한나는 다시 웃음을 터뜨렸다.

둘은 원래대로 마주보고 앉아 술을 마셨다. 아무 일도 일어나지 않았던 것처럼. 내내 그래왔듯이, 소설과 학교 사람들에 대해 문득문득 이야기하고 간간이 각자의 휴대폰을 오래 들여다보며 침묵했다. 한쪽이 눈앞으로 높이 잔을 들어올리면 다른 쪽도 고개를 들고 말없이 잔을 부딪쳤다.

개강을 하루 앞두고서야 그들은 돌아왔다. 날이 조금 차가워져서 터미널 앞 등산복 할인매장에서 집업 점퍼를 하나씩 사 입었다. 처음 들어보는 국산 브랜드로 펭귄 자수가 들어가 있었다. 펭귄의 부리와 날개를 수놓은 검은 실이 흰 바탕 위를 아무렇게나 가로질렀다.

못생긴 펭귄이네.

둘은 번갈아가며 말했고 그것이 마음에 들었다. 한나가 터미널의 플라스틱 의자에 앉아서 얘기했다.

언니, 나 어젯밤에 휴학 신청했어. 언니 잘 때.

진아는 한나를 쳐다보았다.

여행 내내 생각한 거야.

다시 눈이 마주치자 한나가 아니야, 그 새끼 때문에 가는 거, 하고 소리를 질렀다.

그거 때문 아니야.

진짜?

진짜.

진아가 선뜻 할말을 찾지 못하고 자기 손을 만지작거렸다.

호주 가려고. 워홀. 1학년 끝나고 돈 모아서 가려고 했는데……
그래도 우리 엄마가 돈을 아끼는 사람은 아니거든. 그런 면에서는
운이 좋은 거지. 어쨌든 몇 달은 놀고먹어도 될걸.

한나는 그렇게 말하며 신발코를 아스팔트 위에 쿡쿡 찍었다.

아, 놀러오면 되지 뭘 그래.

한나가 입을 꾹 다문 진아의 어깨를 밀치며 웃었다. 그러곤 응?
언니, 응? 하고 진아의 어깨를 흔들었다. 결국엔 진아도 이기지 못
하고 웃음을 터뜨렸다.

*

한나의 언니가 학교로 연락을 해온 것은 그애가 떠난 지 열흘이
되던 날이었다. 전화는 조교에게서 학생회장에게로, 다시 진아에
게로 이어졌다. 진아와 한나의 언니는 학교 앞 카페에서 만났다.
마땅한 자리가 없어서 창가를 따라 늘어선 스탠딩 테이블에 나란
히 기대섰다. 진아가 상상했던 것과 달리 그녀는 약간 창백하기는
해도 대체로 건강해 보였다. 숱이 많지 않은 직모와 쌍꺼풀 없이
긴 눈매가 한나와 비슷했다.

한나는 멜버른에 도착한 이후로 가족들과 연락이 끊겼다고 했다. 따져보면, 마지막으로 문자를 받은 사람이 진아였다.

그렇게 훌쩍 떠날 것처럼 해놓고도 한나는 출국 전날 밤엔 진아를 술자리로 불러냈다. 한나의 동기 몇과 선배들이 자리를 지키고 있었다. 진아는 짜고 단 안주들과 싱거운 맥주, 그리고 어떤 핑계로 모였든 결국에는 자기 이야기를 해대고 마는 아이들이 모두 지겨웠고 그래서 또 취했다. 어떻게 한나를 배웅했는지도 잘 기억나지 않았다.

다음날 종일 진아는 숙취에 시달렸다. 겨우 침대에서 기어 내려와선 생수병을 찾았고, 그걸 껴안은 채 다시 이불 속으로 들어갔다. 온전히 깨어난 건 저녁 무렵이었다. 좁은 창틈으로 붉은 저녁빛이 내려앉고 있었다. 인정하고, 호명하고 나서야 차차 편안해지는 관계도 있다는 것을 진아는 그때 알게 되었다. 한나와 술을 마시고 소설을 읽고, 또 마주앉아 끝없이 강사에 대한 이야기를 듣던 밤들에도 진아가 인정하지 못하던 사실이었다. 한나에 대한 자신의 감정을 똑바로 바라보자마자 거짓말처럼 진아의 마음이 차분해졌다. 뭔가가 둑을 넘어 천천히 흘러나가는 것이 느껴졌다. 새벽이 되도록 진아는 오래 몸이 울렁이는 것을 견디며 앓다가 까무룩 기절하듯 잠이 들었다. 깨어났을 무렵에는 한나가 지금쯤 어디에 있을지, 그곳은 몇시일지 꿈결처럼 셈했다.

그날 한나의 언니는 진아가 내민 휴대폰을 오래 들여다보았다.

처음에 진아가 그랬던 것처럼.

한나는 진아에게 보낸 문자에 이렇게 썼다.

―언니 나 잘 왔어. 이륙하자마자 앞자리에 앉은 아기가 울기 시작해서 걔네 엄마가 하리보를 줬어. 왜, 그 작은 곰 모양 젤리 있잖아. 아기가 그걸 입에 물었고 곧 울음을 그쳤고 그래서 나는 책을 읽기 시작했는데, 그러다 고개를 들어보니 아기도 엄마도 잠들어 있었어. 바닥에는 반투명한 곰이 몇 개 흩어져 있고 아기 입 사이로 반쯤 녹은 초록색 하리보가 보였어. 아기는 진득한 침을 흘리면서 내내 잤어. 그 흰 볼과 그 침을 보는데 너무 아깝다는 생각이 들었어. 숙소 정하고 휴대폰 새로 개통하면 그때 연락할게. 걱정하지 마.

한나의 언니는 말없이 얼음이 든 커피잔을 들었다 놓았다 했다. 진아는 휴대폰으로 네이버에 접속했다. 그리고 오래전, 그러니까 한나와 진아가 매일같이 카페에서 채팅을 하던 무렵 한나가 사용하던 아이디를 검색했다. 화면에 블로그가 하나 떴다. 음악도, 배경사진도, 제목도 지정되지 않은 블로그는 황량하게 버려진 듯 보였다. 댓글이나 방명록 작성이 허락되지 않은 블로그였지만 게시판 접근은 자유로웠다. 짤막한 단상과 메모가 혼란하게 뒤섞인 몇 개의 게시물은 어떤 독자도 상정하지 않고 쓰인 것처럼 보였다. 그날 쓴 돈이라든지, 하숙집의 주소와 연락처라든지 하는 식으로 혼자 보기 위해 쓴 듯한 글도 있었다. 진아는 한나 언니의 연락을 받은 날 그 블로그를 찾아냈다. 마지막 업데이트 시간은 그날 아침이었다.

한나의 언니는 진아에게 인사를 건네고 카페 밖으로 나갔다. 그녀가 휴대폰을 귓가에 대고 잠시 뒤 입을 열어 뭐라고 말하기 시작했다. 전화를 받은 사람은 한나의 엄마였을 것이다. 휘적휘적 다리를 흔들며 걷는 그녀의 뒷모습 역시도 한나와 닮아 있었다.

진아는 오늘 아침 한나가 올려둔 한 장의 사진을 다시 들여다보았다. 좁은 도미토리 침대와 그 위에 어지럽게 널린 소지품들, 한나가 늘 메고 다니던 작은 배낭이 보였다. 그리고 흔들린 사진 귀퉁이에 체리색 매니큐어가 군데군데 벗어진 한나의 한쪽 발이 찍혀 있었다. 휴대폰을 쥔 진아의 새끼손톱에도 같은 색의 매니큐어가 반쯤 남아 있었다. 여름 여행지의 오래된 문방구에서 천원을 주고 사서 한나와 진아가 서로에게 발라준 매니큐어였다.

베이비
그루피

1

초와 다시 홍대에 간 것은 비가 억수같이 쏟아지는 수요일 저녁
이었다. 내가 우산을 들고 초가 지도 앱을 보며 길을 찾았다. 거센
빗줄기 때문에 시야가 흐렸다. 상수역에서 합정역으로 이어지는
대로에는 비슷비슷한 골목들이 수도 없이 나 있었고, 그것들은 합
쳐졌다 나뉘지길 반복하며 우리를 자꾸만 같은 자리로 되돌려놓
았다. 저편에서 세단 한 대가 달려와 휴대폰에 코를 박고 걷던 초
의 몸을 스치고 지나갔다. 우리는 마지막으로 다시 한번 왔던 길
을 되돌아가보기로 했고, 마침내 골목 끝에서 건물 귀퉁이에 삐죽
달린 간판 하나를 발견했다. 가까이서 보니 그건 간판이 아니라

동그란 스네어드럼이었다. 푸른 페인트로 써넣은 상호가 반쯤 지워져 흐릿했다.

건물 처마 아래 섰을 때 초가 입은 민소매 티셔츠와 스키니진은 비에 흠뻑 젖어 있었다. 내 원피스도 마찬가지였다. 우리는 옷자락을 몸에서 떼어내며 좁고 퀴퀴한 냄새가 나는 계단을 차례로 내려갔다. 발을 내디딜 때마다 새로 산 에나멜 구두 굽이 시끄러운 마찰음을 냈다. 이미 공연 시작 시간이 지났는데도 클럽 내부는 한산했다. 무대 위엔 미리 세팅해둔 악기들이 덩그러니 놓여 있었다. 곳곳에 피워둔 나그참파 인센스 스틱이 타들어가며 비 비린내를 지웠다. 스툴에 앉아 사장과 이야기를 나누고 있던 밴드 매니저 언니가 그쪽으로 먼저 걸어간 초를 보고 알은체를 했다. 클럽 구석자리에선 밴드 멤버들과 그들의 여자친구 두엇이 자리를 잡고 맥주를 마시고 있었다.

나와 초는 각기 만오천원씩을 매니저 언니에게 줬다. 언니는 스탠드에 놓여 있던 띠 모양의 티켓을 초와 나의 손목에 감아주었다. 원 프리 드링크야. 언니가 턱을 괴고 말했다. 우리는 메뉴판을 끝까지 읽어본 후 결국 맨 위에 적힌 레드록 생맥주를 한 잔씩 주문했다. 거대한 체구의 클럽 사장은 삼백안이었다. 큰 눈에 어울리지 않게 작은 눈동자 때문에 흰자위가 많이 드러나 보였다. 초와 내가 우리의 얼굴에 약간 길게 머무는 그의 시선을 받아낸 뒤에야 사장은 탭을 움직여 맥주를 따르기 시작했다. 초는 나를 보며 설핏 웃었다. 초가 오후내 정성 들여 펴 내린 검고 긴 머리카락이 습기를 머금고 그애의 얼굴선을 따라 구불거렸다.

우리는 스툴에 올라앉아 조악한 크리스털 컵에 담긴 땅콩을 집어먹었다. 스피커에선 밴드의 노래가 흘러나오고 있었다. 십 년 전 발매한 첫 앨범의 타이틀이자 그들의 곡 중 유일하게 작은 히트를 기록한 노래였다. 초와 나는 등 뒤쪽의 멤버들을 이따금 힐끔거렸다. 초가 손을 뻗어 말려 올라간 내 치맛자락을 가만히 끌어내려주었다.

초와는 2학년 여름방학이 되면서 친해졌다. 한집에서 생활해온 것치곤 그간 꽤 서먹했다. 초와 나를 포함해 같은 반 애들 다섯이 전셋집을 얻어 지냈는데, 필요에 의해 모였기 때문인지 시간이 흘러도 더 돈독해지지는 못했다. 같은 방을 쓰는 둘과는 좀 가깝다고 할 수 있었지만 학교에서 점심을 함께 먹는 무리는 따로 있었다. 우리가 다니는 신설 예술고는 자금 문제로 기숙사 건물을 세우지 못한 채 개교했다. 이사장은 매번 운동장 뒤편의 테니스장을 가리키며 곧 저기에 기숙사가 들어설 예정이라고 말했다. 테니스장을 사용하는 건 학생들이 아니라 이사장과 교감을 비롯한 몇몇 늙은 선생들이었고, 그들이 공을 받아 치며 내는 징그러운 신음을 들을 때마다 아이들은 몇 년 내에 기숙사가 생기는 일은 없을 거라고 확신했다. 실기동 꼭대기 층에 임시로 마련된 도미토리는 희망 인원의 절반도 수용하지 못했다. 부모를 설득하는 데 성공한 아이들은 학교 부근에서 자취를 했다. 하숙집에 들어가거나 우리처럼 공동 주거공간을 꾸리는 것이 다음 옵션이었다. 일주일에 두 번 가사도우미 이모가 왔고 엄마들도 자주 반찬을 갖고 들러 집안일을 돌봤다.

부모의 정기적인 방문을 받지 않는 건 초와 나뿐이었다. 우리 엄마는 학교의 유난한 치맛바람 대열에서 일찌감치 이탈했다. 같은 경기도라곤 해도 학교가 있는 D시와 우리집은 정확히 반대쪽이었고, 엄마는 십 년간 학습지 교사로 근무한 끝에 얼마 전 지부장이 되었다. 퇴근 후에도 교사들에게 전화를 돌려 회원 관리에 힘쓰라고 닦달해대는 게 일상이었다. 엄마가 짜낼 수 있는 가정에 대한 관심은 경미한 ADHD 증세를 보이는 남동생에게 쏠렸다. 내가 중학교 시절 독립영화 오디션에 합격해 한겨울 지리산에서 이어진 촬영을 마치고 돌아왔을 때, 엄마는 꼭 한 번 나를 붙잡고 정말 이것이 하고 싶은지 물었고, 그것으로 끝이었다. 유명 연기과 교수 출신이 지도를 맡게 되었다는 정보를 알아내어 이 학교에 입학하기로 한 것도, 같은 반 애들이 전셋집을 구한다는 이야기를 듣고 함께 지내기로 한 것도 나였다. 달리 항의할 생각은 없었다. 레슨비를 포함해 대학등록금에 맞먹는 학비를 엄마가 지불하고 있었고 그게 우리 형편에 얼마나 빠듯한 일인지 나는 어렴풋이 알았다.

소문에 의하면 초에겐 좀더 복잡한 사정이 있는 듯했다. 초의 부모는 초가 어릴 적에 이혼했다. 그건 뭐—내 경우를 포함해—그다지 드물지 않은 이야기였다. 마흔 명의 연기 전공생 중에도 비슷한 배경을 가진 애들이 몇 됐다. 신입생 무렵 자기의 역사를 직접 써 독백하는 수업이 있었다. 애들의 상상력이란 대체로 부모가 자신에게 뭘 해줬니 못해줬니 하는 데서 멈췄으므로 우리는 그때 서로의 별 볼 일 없는 가정사를 속속들이 알게 됐다. 초는 독특하게도 어릴 적 기르던 개에 대한 이야기를 썼다. 개의 이름을 하늘이, 로 지었기 때문에 개가 일찍 하늘로 가지 않았을까 하는 다소 결과론적인 자책이 담긴 독백이었다. 그다지 감정을 싣지 않고 연기했는데도, 초의 크고 물기가 많은 눈동자 때문인지 아이들은 숨죽여 집중했다.

소문은 초의 엄마와 아빠가 학부모 대표의 연락을 피하고 서로에게 미루면서 퍼지기 시작한 모양이었다. 초와 같은 중학교를 나온 다른 과 학생을 통해 초의 부모가 각자 재혼해 아이가 둘씩 있는데다 어느 한쪽도 초를 거두려 하지 않는다는 것과, 초가 여태 할머니 손에 자라왔다는 것이 밝혀졌다. 학교가 교육부 지원을 받기 위해 일부러 초를 장학생으로 선발했다는 말도 있었다. 그 대목만은 그때도 지금도 믿지 않는다. 아이들은 얼굴근육을 조금 움직이는 것만으로도 풍부하게 바뀌던 초의 표정을, 그애의 곧은 허리와 흐트러짐 없는 걸음걸이를, 그래서 초가 곧잘 성숙한 주연을 맡던 것을 질투했다. 알음알음으로 퍼지던 소문은 한 레슨 강사가 초의 허벅지에서 엷은 자해 흔적을 발견하면서 좀더 노골적이 되었다. 초는 이후로 아이들이 다 등교하도록 침대에서 나오지 않다가 점심께 교실에 들어서는 날이 잦았다.

방학이 시작되면서 룸메이트들은 집에서 통학을 하기 시작했다. 2학년은 방학 중에도 일주일에 세 번 등교해 레슨을 받게 되어 있었다. 그애들은 학교에 가지 않는 날엔 엄마 차를 타고 뮤지컬이나 현대무용 같은 외부 특기수업을 받으러 다녔다. 방학이 끝나면 곧 수시 철이었다. 선배들이 모의 입시를 볼 때마다 과 전체가 긴장으로 고조되었다. 우리는 강당에 줄지어 앉아 레슨 강사들이 선배들을 쪼아대는 걸 지켜봐야 했다. 그들은 선배들의 표정과 목소리, 자세와 몸매를 부러 모진 말로 자극했다. 통통하고 (미안하지만 정말이지 객관적으로) 못생긴 한 남자 선배는 익살스러운 연기가 개성 있다는 평을 받은 반면에, 수준급의 아크로바틱을 특기로 하며 모두가 놀랄 만큼 입시 선정 지문을 자신 있게 연기한 언니에게는 살을 빼라는 조언이 돌아갔다. 이목구비가 큼직해 유독 카메라를 잘 받는 언니가 낮은 점수에 사색이 되었을 땐 "그래도 너 같은 애들이 대학 가면 주연한다"는 강사의 위로가 덧붙었다. 언니들은 오래 울고 나서 눈이나 코를 새로 약간 손보고, 이마와 턱에 필러 주사를 맞고, 혈색을 맑게 해준다는 침 시술을 한 뒤 나타났다. 동기들 역시 그런 분위기에 힘입어 이미 쌍꺼풀 수술을 한 눈을 앞뒤로 트거나, 코끝의 연골을 실로 묶어 콧방울을 날렵하게 하는 수술을 했다. 뒤지지 않겠다는 듯 남자애들 절반이 단체로 눈썹 문신을 하고 오기도 했다. 아직 탈각이 일어나지 않은 눈썹은 매직펜으로 칠한 듯 까맸다. 교실에 앉아 있을 때면 사방에서 부담스러운 기운이 느껴졌다.

나는 여름 동안 어쩐지 그런 일들로부터 멀리 밀려나는 듯했다. 내가 원한다면 엄마는 무리해서라도 외부 레슨을 시켜줄 것이었고, 어쩌면 가벼운 성형도 허락해줄지 몰랐다. 하지만 나는 더운 방 침대 위에서 토렌트를 뒤져 열 번쯤 본 에릭 로메르의 계절 시리즈를 다시 다운로드받거나 유튜브를 흘러 다니며 해외 연극제 영상을 찾아보면서 시간을 보냈다. 대학에 진학하고도 얼마간 시간이 더 흐른 뒤에야 깨닫게 될 일이었지만 그때 나는 전형적인 우울증 증세―무기력과 불면, 의욕 저하와 잦은 자책, 집중력 상실―를 보였다. 연기는 내가 할 일이 아니라는 확신이 들었다가 다음 순간엔 영화 속 주인공을 보며 이 정도는 나도 할 수 있다는 자만이 들었다. 섭식장애도 있었다. 외식을 하고 돌아온 날엔 속을 게워내야만 마음 편히 침대에 누울 수 있었다. 대부분의 식사는 직접 기른 밀싹을 잘라 스무디를 해먹는 것으로 대체했다. 뜨거운 날씨 때문인지 밀싹은 한나절 만에도 쑥쑥 키를 키워냈다. 나는 창가에 놓아둔 플라스틱 재배판을 오랫동안 바라보곤 했다.

반면 초는 떠들썩하던 집안이 조용해지자 전보다 자주 거실을 돌아다녔다. 시간을 들여 요리를 만들고 소파에 누워 텔레비전을 봤다. 화장실에 가기 위해 거실로 나가면 늘 같은 원피스 잠옷 차림의 초를 볼 수 있었다. 초는 나를 향해 손을 살짝 들어 보였다. 나는 초의 맨얼굴을 그즈음 처음 보았다. 초는 밤 열시까지 이어진 레슨을 끝내고 와서도 아이들이 다 잠들 때까지 화장을 지우지 않는 애였다. 옅은 주황빛의 주근깨가 콧잔등을 따라 살짝 돋았을 뿐, 중학교 시절 한차례 여드름 폭격을 맞은 내 얼굴보다 훨씬 맑고 깨끗했다. 그렇게 가릴 것도 없었네 뭐. 나는 왠지 김이 빠졌다. 초와 나는 두 번쯤 같이 마트에 장을 보러 갔고, 어느 날엔 집 앞 드러그스토어에 들러 1+1 행사중인 립 틴트를 샀다. 어떤 색이 서로에게 더 어울리는지 알아내기 위해 얼굴을 좀 오래 마주보게 되었다. 다음엔 또 두 번쯤 밤중에 노래방에 가서 더는 추가 시간을 주지 않을 때까지 노래 연습을 했다. 그리고 곧 자주 이야기를 나누기 시작했다.

D시에서 쭉 자라온 초는 그 동네의 유명한 비밀 술집에 나를 데려갔다. 중심가에서 가장 허름한 건물 꼭대기에 있는 가게였다. 창문마다 검은 시트지를 발라 밖에서는 영업점이 있다는 걸 눈치채기 힘들었다. 실외 배너 가게와 인쇄 사무실을 거쳐 계단을 올라가자 굳게 닫힌 방화문이 보였다. 초가 어디론가 전화를 걸었고 곧 문이 한 뼘 열렸다. 노랗게 머리를 탈색한 남자가 우리를 어두운 가게 안으로 안내했다. 가게는 아이들로 초만원이었다. 곳곳에서 쉴새없이 욕지거리와 웃음이 쏟아졌고, 그들이 뿜어내는 담배

연기가 가게를 가득 채웠다. 어느 도시에나 있는 학생 술집이었다. 퍽퍽한 감자튀김에 맥주를 마시는 동안 초와 나는 이런 곳을 졸업할 때가 되었다는 데 의견을 모았다. 바닥에 침을 찍찍 뱉어대는 옆자리의 중학생들이 초의 다리를 흘끔거렸다. 마침내 위아래로 트레이닝복 세트를 맞춰 입은 양아치가 합석을 권해왔을 때, 초와 나는 가게를 나서기로 했다. 우리는 몇 잔의 맥주로 이미 취기를 느꼈다.

상가 계단에 앉아 페이스북을 뒤적인 끝에 그 시각 홍대 라이브 클럽에서 행사가 진행중이라는 걸 알아냈다. 국내 밴드 음악을 좀 듣는다는 게 초와 나의 또다른 공통점이었다. 우리는 그날 라이브 클럽에서 술을 파는 사람들이 신분증 검사에는 관심이 없다는 것을 알게 되었고, 또 한물간 취급을 받곤 하지만 알 만한 사람은 다 안다는 한 밴드에 약간 빠졌다. 단지 그 밴드가 가장 마지막으로 무대에 올랐고 따라서 우리도 가장 취한 채 노래를 들었기 때문인지도 몰랐다. 관객들은 그들의 히트곡을 함께 부르고 서로의 어깨에 손을 얹은 채 기차를 만들어 클럽 안을 돌았다. 공연이 끝난 뒤 초와 나는 그들의 최신 앨범을 샀다. 그리고 흡연구역에 모여 있던 멤버들에게 다가가서 사인을 받았다. 우리가 쓰는 신형 노트북엔 CDP가 없었고 CD를 사 모으거나 하는 낡은 취미가 있는 것도 아니었으니, 그건 순전히 처음 본 라이브 공연이 우리를 드물게도 들뜨게 했기 때문에, 그런 기분을 그들에게 전하고 싶었기 때문에 한 일일 터였다. 그들은 우리의 이름을 묻곤 차례차례 사인을 해주었고 초와 나는 얌전해져선 가만히 기다렸다.

이후론 틈만 나면 그들의 라이브 영상을 찾아보았다. 그리고 다시 공연을 보러 가기로 약속했다.

*

수요공연은 그 작은 라이브 클럽의 오랜 주요 기획이었다. 그즈음 홍대의 많은 일이 그랬듯이 수익을 내기 위해서 하는 일이라기보단 스러져가는 씬을 유지하려는 노력의 일환이었다. 무대 하나가 아쉬운 신인 밴드나 클럽과 오랫동안 관계를 맺어온 중견 밴드가 의리로 무대를 채웠다. 클럽의 공식 페이지에는 모객이 잘된 날의 사진이 올라오곤 했지만, 그날처럼 날씨가 나쁘다든지 하는 불운이 겹쳐 유료 관객이 거의 없는 때도 있었다.

그날의 유일한 유료 관객이 나와 초였다. 공연은 마지못해 하는 분위기로 흘러갔다. 정해진 세트 리스트를 놓고 저희들끼리 합주를 하는 것처럼 보였다. 밴드의 프런트 맨이자 보컬인 P는 한 곡이 끝나면 다음 곡의 제목을—관객을 위해서라기보다는 다른 멤버들을 위해—중얼거렸다. 나머지 멤버들은 그 틈을 타 바닥에 놓아둔 맥주를 집어들고 마셨다. 사장과 매니저 언니, 그리고 멤버들의 여자친구 두 사람이 객석 왼편에 서 있었으므로 나와 초는 반대쪽 끝에 섰다. 그들은 간간이 동영상을 찍거나 멤버들의 기운을 북돋기 위해 부러 큰 소리로 환호했다. 우리 앞에 서 있던 베이시스트 K가 무대 앞쪽으로 손을 뻗어 자주 초와 나에게 건배를 청했다. 그 밴드가 앙코르곡으로 연주하곤 하는 리드미컬한 곡은 생략된 채 공연은 끝났다.

비는 그칠 줄을 몰랐다. 공연이 끝나고 나서야 몇몇 사람들이 클럽에 찾아왔고, 멤버들이 앉은 테이블이 점차 커졌다. 나와 초는 그들이 모여 이야기를 하고 음악을 틀기 위해 기계실 뒤쪽으로 오가고 알아서들 냉장고에서 맥주를 꺼내 마시고 하는 것을 보면서 스툴에 앉아 있었다. 그들은 모두 서로 아는 사이 같았고, 그래서 초와 내가 초대받지 못한 방문객처럼 느껴지기도 했다. 곁에 앉은 초가 태연하게 휴대폰을 보면서 웃거나 흘러나오는 노래에 발을 까딱거리거나 하는 것이 나에게 도움이 되었다. 어쨌거나 우리는 계속 술을 사 마실 수도 있었다.

우리에게 다가온 건 K였다. K는 밴드가 십여 년간 활동하며 여러 번 멤버가 교체되는 동안 계속해서 리더 역할을 해온 원년 멤버였고, 그들 중 가장 나이가 많기도 했다. 평소에는 말이 없다가 팟캐스트나 라디오 프로그램에서 밴드의 역사와 지향점을 설명할 땐 진중한 태도로 입을 여는 사람이었다. 밴드의 몇 안 되는 팬들은 그를 아버지라고 불렀다. 그는 화장실에서 나와 곧장 우리가 앉은 쪽으로 걸어왔고 이미 잘 아는 사이처럼 말을 놓았다.

왜 여기 있어?

네?

초가 되물었다.

왜 너희끼리 있냐고. 너희 지난주에 공연 왔지? 기억나.

K는 스탠드 뒤쪽으로 들어가서 자기 몫의 맥주를 한 잔 따랐고, 반쯤 빈 나와 초의 잔을 가져가 맥주를 가득 채워주었다. 그러고는 저기 가서 같이 앉자, 하고 사람들이 모여 앉은 테이블을 가리켰다.

소개해줄게.

K는 초와 내 맥주잔을 돌려주는 대신 손에 쥐고서 재촉했다. 나는 초의 얼굴을 바라봤다. 초는 고개를 오른쪽으로 갸웃 기울였다. 그사이 K가 우리의 잔을 들고 먼저 테이블 쪽으로 걸어갔다. 초와 나는 스탠드 위에 올려두었던 가방을 집어들고 천천히 일어났다.

우리가 다가온 것을 보고 사람들이 자리를 권했다. 나는 얼결에 매니저 언니 손에 이끌려 비어 있던 플라스틱 의자에 앉았고, 그러는 사이 초는 K를 따라 테이블 반대편으로 갔다. 사람들은 우리가 온 것에 개의치 않고 하던 이야기를 계속했다. 공연이 끝나고 온 사람들은 다른 밴드의 멤버이거나 인디 음악 평론을 쓰는 사람이거나 공연기획자거나 어쨌든 모두 내부인들이었다.

그들은 최근에 꽹과리와 아쟁을 포함한 밴드 세트로 자주 해외 페스티벌에 초청되는 한 밴드 이야기에 열을 올리고 있었다. 영어로 가사를 쓰면서도 어기여차, 하는 전통적인 추임새로 후렴을 꾸린다고 했다. 그건 서양인들의 이국취미를 빨아주는 뻔한 전략이라고 누군가 말했고, 뻔한 게 아니라 쉽게 접근하는 거라고 또 누가 말했다. 공연중엔 의욕을 잃은 것처럼 보였던 멤버들은 새삼 상기되어 있었다.

너는 어떻게 생각해?

옆에 앉은 보컬 P가 내게 말을 건 것은 과열된 분위기를 좀 누그러뜨려보고자 하는 의도였을 것이다. 반쯤 농담이었을 텐데 몇몇 사람들의 시선이 모이고 말았다. 나는 얼마 전 수업시간에 봤던 한 극단의 공연에 대해, 그러니까 그 작은 한국 극단이 소포클레스의 극을 판소리로 개작하여 해외 연극제에서 상을 받은 일에 대해 주절주절 늘어놓았다. 그래서 뭐가 어떻다는 건지 끝내는 말을 맺지 못했는데도 P를 포함한 몇 사람이 귀기울여 듣고 있다가 오, 하는 소리를 냈다. P는 얘 말이 맞아, 하면서 맥주를 조금 마셨다.

오사카 공연 코디했던 아저씨 있죠? 그 아저씨가 그러는데 일본 페스티벌 관계자 몇이 제주에서 영등굿을 보고 그렇게 탐을 냈대요. 연주자랑 관객이 구분 없이 섞여 앉는 것도 그렇고 밥이고 떡이고 끝도 없이 나눠 먹는 것도 그렇고, 세상에 그런 페스티벌은 없다는 거야. 그런 걸 해야 해. 한국 사람들이 오히려 굿을 모르잖아요. 그게 다 독재정권 때 탄압한 문화거든.

P의 얘기는 한참 더 이어졌지만 나는 그의 말에 별로 귀기울이지 못했다. 얘 말이 맞아, 하고 입을 떼면서 내 허벅지에 얹어진 P의 손이 조금도 움직이지 않고 그 자리에 있었다. 내가 빤히 그 손을 내려다보자 P는 자연스럽게 손을 거뒀다.

그런 식으로 다른 밴드에 대한 음악적 평가와 뒷담화가 얽히고 목소리가 커졌다 작아졌다 하는 동안 모두 취했다. 나도, 맞은편에서 이따금 눈을 맞춰오던 초도 마찬가지였다. 초가 눈꺼풀을 움직이는 동작이 눈에 띄게 느려졌다. 음악소리 때문에 초가 앉은 쪽의 대화는 잘 들리지 않았다. 초는 사람들과 함께 담배를 피우러 지상으로 나갔다가 돌아오곤 했다. 전에도 술을 마실 때 담배를 피우곤 했기 때문에 나는 그다지 신경쓰지 않았다. 다만 너무 자주 들락거려, 방금 있었는데, 하고 보면 의자 위엔 그애의 클러치 백만이 놓여 있었고, 이야기를 나누다 다시 고개를 돌리면 어느새 돌아와 머리를 쓸어넘기고 있었다.

그래서 초가 돌아오지 않았을 때도 나는 한참이나 눈치채지 못했다. 먼저 초를 찾은 건 매니저 언니였다. 언니는 내게 몸을 기울이며 친구 나간 지 얼마나 됐어? 하고 물어왔다. 나는 그제야 초가 보이지 않은 지 좀 되었다는 걸 알아챘다. 내가 멍하니 상황을 살피는 동안 한 사십 분은 된 것 같은데, 하고 혼잣말하듯 언니가 덧붙였다. 초와 함께 지상을 오가던 사람들은 모두 돌아와 자리를 지키고 있었다. 사라진 건 초와 K뿐이었다. 매니저 언니는 이번엔 P의 귓가에 양 손바닥을 가져다댔다.

오빠 요즘 좀 불안한데.

조심한다고 한 것이겠지만 언니의 목소리는 내게도 또렷이 들렸다. P는 주위를 잠깐 둘러보다가 휴대폰을 집어들고 일어나 어디론가 전화를 걸었다.

그가 첫번째 통화에 실패하고 곧이어 두번째로 전화를 걸었을 때 K와 초가 계단으로 내려오는 게 보였다. 초는 비틀거리며 마지막 계단으로 발을 내디뎠고 고개를 들어 나를 보자마자 내 이름을 부르며 웃음을 터뜨렸다. 나는 초가 있는 쪽으로 걸어갔다.

어디 갔었어.

그냥, 오빠랑 아이스크림 사 먹었어.

초가 뒤따라 내려오는 K를 어깨 너머로 돌아보며 말했다. K는 나를 향해 특유의 다정한 웃음을 지어 보이고는 우리를 지나쳐 테이블로 걸어갔다.

초가 화장실 쪽으로 나를 끌었다. 소변기와 양변기가 한곳에 있는 좁고 더러운 화장실이었다. 온통 지린내가 났다. 초가 곧장 바지와 팬티를 내리고 변기에 앉았다. 나는 급히 문고리를 걸었다. 초의 오줌 소리는 끊길 듯 끊이지 않고 이어졌다. 점차 안도로 물 들어가는 초의 얼굴을 물끄러미 바라보는 동안 문득 불안이 일었다. 너무 오래, 우리가 알지 못하는 곳에서 자리를 지켰다는 생각이 들었다. 벌써 첫차가 다니기 시작할 무렵이었다. 이제 가자, 하고 말하자 세면대 거울을 들여다보던 초가 젖은 손으로 화장이 번진 눈 아래를 문지르면서 가야겠다, 하고 답했다.

나는 초를 화장실 앞에 세워놓고 테이블로 돌아가 초와 내 가방을 챙겨들었다. 드러머의 여자친구가 입 모양으로 가? 하고 물었을 뿐 다른 사람들의 시선은 끌지 않았다. 나는 눈으로 K를 찾았다. 그는 술잔을 들고 무대에 걸터앉은 채 사람들에게 둘러싸여 이야기를 나누고 있었다.

초와 내가 조용히 클럽 입구로 가는 데까지 성공했을 때, P가 다가와 내 등을 가볍게 두드렸다. 초는 계단을 다 올라가기도 전에 담배에 불을 붙이고 지상으로 총총 사라졌다. P는 휴대폰을 내밀었다. 내가 그의 얼굴을 올려다보았다. P는 키가 드물게 컸고 길게 찢어진 눈 때문인지 조금은 속을 알 수 없는 사람처럼 보였다. 그게 나를 약간 긴장하게 하기도, 떨리게 하기도 했다.

혹시 무슨 일 있으면 연락하라고.

무슨 일이요?

나는 P의 휴대폰을 받아들면서 좀 웃었다.

네 친구 말이야.

P가 덧붙였다. 나는 그가 이상한 핑계를 댄다고 생각했지만 기분이 나쁘지 않았다. P의 휴대폰에 내 번호를 찍어 넣었다. 전화를 걸자 주머니 속 휴대폰이 짧게 울었다. P는 손을 흔들어 보이

곧 돌아섰다.

밖으로 나오자 비는 그쳐 있었다. 구석구석 씻겨나간 거리가 맑은 새벽빛 속에 조금씩 드러나고 있었다. 편의점 앞 플라스틱 의자에 초가 팔다리를 축 늘어뜨린 채 앉아 있는 것이 보였다. 그 앞으로 초와 다른 사람들이 밤새 피워댔을 담배꽁초가 아무렇게나 널려 있었다.

버스에 올라탈 때까지만 해도 푸른빛이 돌던 하늘은 금방 밝아졌다. 버스는 도시고속도로 위로 접어들어 속도를 올렸다. 이제 막 하루를 시작한 승객들은 귀에 이어폰을 꽂은 채 잠들어 있었다. 건너편 좌석에 혼자 앉아 눈을 감고 차창에 머리를 기대고 있던 초는 버스의 움직임에 맞춰 차차 가볍게 몸을 흔들거렸다. 밤을 새워 술을 마셔본 것은 그때가 처음이었다. 뭔가 지나친 밤을 보냈다는 생각이 들었지만, 피로와 취기로 생각은 오래 이어지지 않고 자꾸만 단절되었다. 잠든 초의 얼굴은 아무런 걱정 없는 사람처럼 편안했다.

2

P는 곧 연락을 해왔고 이후로 우리는 몇 번 만났다. 그는 생태

주의를 근간으로 하는 대안학교에서 십대를 통째로 보냈으며 그곳에서 만든 교내 밴드를 지속하면서 홍대 씬으로 오게 되었다고 했다. 시간이 흐르면서 교내 밴드의 멤버들은 뒤늦게 입시에 도전하거나 직장에 들어가며 자연스레 흩어졌고 혼자 남겨진 P는 공연장과 술자리를 오가며 만난 K의 권유로 지금의 밴드에 들어왔다. 그는 지난 밴드를 꾸려본 경험으로 이만큼이나마 인지도를 쌓는 것이 얼마나 어려운 일인지 알고 있었고, 그래서 지금의 밴드 활동에 만족한다고 하면서도 자주 다른 멤버 형들이 얼마나 나태한지, 그들의 감각이 구체적으로 어떻게 후진지 설명해보려고 노력하곤 했다.

기타와 미디 레슨으로 버는 돈이 수입의 거의 전부였던 P의 생활양식은 좋게 말하자면 소박하고 검소했지만, 실은 자주 궁색했다. 하지만 그때 나는 그의 그런 삶의 태도를 그가 설명해온 대로 석유문명과 신자유주의에 대한 저항 의식으로 이해하고 곧장 받아들였다. 이전에는 한 번도 P처럼 이야기하고 행동하는 사람을 만난 적이 없었다. 그는 쉽게 내 호의를 샀다.

P는 늘 그가 사는 망원동 인근으로 나를 불러냈다. 일주일에 한두 번 갑작스러운 연락이었다. 평일 오후의 거리는 조용하고 나른했다. 한여름이었다. 아무리 가볍게 옷을 입고 길을 나서도 시내버스에서 시외버스로, 시외버스에서 다시 마을버스로 갈아타며

낯선 길을 헤매다보면 땀에 흠뻑 젖었다. 내가 그의 동네 골목에 도착해 전화를 걸면 P는 버켄스탁 샌들을 끌고 나타났다. 그러곤 제일 먼저 편의점으로 들어갔다. P는 커피 머신 아래에 여기저기 칠이 벗겨진 텀블러를 놓고 커피를 받았다. 나는 내 몫의 커피를 사고 싶었지만 그는 태연한 얼굴로 한 잔을 나눠 먹으면 되지 않느냐고 되물었다. 천원짜리 커피를 사주기가 싫은 것인지, 늘 텀블러를 가지고 오는 일을 잊는 내가 플라스틱 컵을 쓰는 게 그의 생태주의적 삶의 양식을 훼손하는 것인지 궁금했지만 그냥 입을 닫는 쪽을 택했다.

그를 만나는 동안엔 그렇게 입을 닫는 일이 많았다. 편의점을 나서 그가 요즘은 어때, 하고 스몰 토크를 시도할 때도 그랬다. 내 생활은 여전히 집과 학교를 오가는 데 맞춰져 있었고 그건 늘 같은 일상이었지만, 매주 새로운 이야기가 얼마든지 있다는 의미이기도 했다. 학교에선 매일 크고 작은 알력 다툼이 있었다. 지난주까지 레슨실의 최우등생이었던 아이가 집중력을 잃고 배역을 뺏기기도 했고, 누가 누구와 사귀다 헤어졌는데 이미 다른 누구를 만나고 있기도 했다. 어떤 커플은 시내 코인 노래방에서 떡을 치다 목격되었다. 하지만 P 앞에서 그런 이야기를 할 수는 없었다. 그건 고등학생의 세계였다. 가끔 나를 보며 넌 진짜 어른스러워, 말도 안 돼, 말하며 고개를 젓는 P를 실망시키기 싫었다. 언젠가 학교 얘기를 들려주었을 때 P가 농담처럼 너는 진짜 전형적인 K-부르주

아의 세계에 사는구나, 하고 말했던 것이 기억에 남아 있기 때문이기도 했다. 그의 말을 정확하게 이해하지는 못했지만 나는 어쩐지 부끄러워지고 말았다.

우리는 한 잔의 커피를 들고 근처 어린이공원으로 갔다. 벤치 주변으로는 나무가 몇 그루 심어져 있었다. 그 밑으로 깔린 보도블록 때문인지 나무들은 그다지 크게 자라지 못했고, 한여름의 땡볕을 막아줄 만큼 그늘이 넓지도 않았다. 벤치에 앉아서 P의 텀블러에 담긴 뜨거운 커피를 마시다보면 도리어 갈증이 밀려왔다. 나는 말없이 그것을 받아들면서, 포장된 얼음에 대해서는 P가 어떤 의견을 가지고 있는지 궁금했다.

그때 그 친구는 잘 지내?

대화가 끊길 때 P는 이따금 초의 이야기를 꺼냈다.

초는 할머니 집에 가 있었다. 학교 레슨에 나오지 않은 지도 보름이 되었다. 언제 와? 하는 문자에 초는 할머니가 좀 아프셔, 하고 답을 보내왔다. 스물세 평 집은 얼결에 내 차지가 되었다. 나는 호젓하다가도 자주 외로웠다. 다른 룸메이트들과 초가 남겨둔 물건들을 만져보거나 그애들의 침대에 누워 시간을 보냈다. 초에게 연락을 하고 싶을 때도 있었다. 예컨대 P에 대해서 생각할 때. 내가 누군가에게 P를 만나고 있다고 말한다면 그건 다름 아닌 초일 터였다. 하지만 나는 할머니를 돌봐야 하는 고등학생에 대해서 아는 게 없었고 무례를 범할까봐 겁이 났다. 동시에 초와의 연락이 뜸해진 것이 나의 그런 소극적인 태도 때문일까봐 걱정하기도 했다. 가볍게, 아주 일상적으로 연락하는 거야. 마음만 거듭 먹어보는 날들이었다.

내가 그런 생각을 하는 동안 P는 내게 이어폰을 한쪽 건네고 나머지 한쪽은 자기 귀에 꽂았다. 그러고는 유튜브로 음악을 재생했다. 그가 틀어주는 음악은 모두 해외 밴드 뮤직이었고, 그중에서도 80~90년대 일본 시티팝이 대부분이었다. 도시에 대한 동경과 청량한 청춘의 감상이 담뿍 담긴 전자악기 리듬을 듣고 있자면 가본 적도 없는 버블 세대의 일본이 그리워지는 것 같기도 했다. 그리고 곧 옅은 현기증이 몰려왔다. 느리게 흘러가는 구름, 이어폰을 끼지 않은 다른 쪽 귀에 들려오는 매미 소리, 나와 자신 사이에 휴대폰을 치켜든 채 계속해서 몸을 밀착해오는 P. 곡이 빠르면 빠른 대로 호흡이 가빠졌고, 느리면 느린 대로 어지러웠다. 나는 음악에 집중하는 대신 내가 겪은 지난 여름날을 되짚어보았다. 정말 더웠나, 이렇게 더웠나. 이 정도면 평년기온이라고 할 수 있는 걸까. 고민해보아도 알 수 없었다. 내게 있는 표본이 충분한 것인지, 열여덟은 올해 계절이 이렇다저렇다 평가할 수 있는 나이인지……

P는 늘 이렇게 데이트를 했을까? 나는 그게 무척 궁금했다. P처럼 음악 같은 것을 하는 사람들은 너무 더워 아이들도 집에 숨은 이런 한낮에 공원에 나와 앉아 있는 걸까. 나는 내 몸이 보내는 신호

를 적극적으로 의심했다. 앉은 자리에서 피아노 학원이 있는 건물에 작은 동네 카페가 있는 게 보였다. 나는 저기로 가고 싶다는 말을 하는 대신 겨우, 너무 더워, 하고 혼잣말을 하듯 내뱉었다. P는 무심하게 발끝으로 흙을 파 뒤집었다.

사람들은 너무 계절로부터 멀어져서 사는 데 익숙해졌어.

P는 살짝 땀이 배어난 팔을 쓰다듬으며 자신은 땀을 흘리는 게 조금도 싫지 않다고 했다.

네가 시모키에 가봤어야 하는데.

그는 문득 정말 아쉽다는 듯이 목소리를 높였다. 나도 시모키에 대해서라면 알고 있었다. 시모키는 씬을 일군 1세대 클럽이라는 점뿐만 아니라 열기가 빠지지 않는 구조로도 유명했다. 지하로 깊숙이 난 공연장에 환기 시설이 없었던데다 주로 펑크 공연을 연 탓에 관객들이 이리저리 몸을 던지며 슬램을 하는 열기가 한겨울에도 가득했다. 땀이 뻘뻘 난 몸에 다시 외투를 걸쳐 입고 밖에서 오들오들 떨며 담배를 한 대 피우는 것, 그것이 내 나이였을 무렵의 P를 상징하는 장면이라고 했다.

그래도 땀을 흘리면 찐득찐득하고 싫잖아.

마음의 문제야.

P는 이번엔 내 팔뚝에 맺힌 땀을 장난스럽게 손가락으로 훑었다. 나도 모르게 비실 웃음이 흘렀다. P의 생태주의 학교에는 운동장 대신 텃밭이 있었고, 거기서 그들은 온종일 땀을 흘리며 노동

을 몸으로 익혔다고 했다. 나는 입시에 매달리는 대신 배추며 가지 같은 것들을 종일 열심히 가꾸는 젊은 날의 P를 떠올려보았고, 그건 역시 어딘가 멋지게 여겨졌다. 누가 시키지 않아도 젊은 P와 친구들은 에너지와 반핵에 대해서 자유롭게 세미나를 열었다. 어떻게…… 내게는 프랑스의 교육정책만큼이나 멀게 느껴지는 이야기였다. 나는 또 그에게 설득되고 말았다. P는 말을 잘하는 남자였다. 맞아. 그때그때 날씨를 즐기는 삶이 건강한 걸지도 모르지. 나는 P의 건강하게 그을린 목덜미를 보면서 고개를 끄덕였다.

그러니까 이제 와 그때 내가 P를 좋아하지 않았다고 말하는 것은 위선일지 모른다. 나는 처음 공연을 보러 간 날 무대 위에서 노래하던 프런트 맨 P를 기억했고, 그 밴드의 히트곡을 떼창하던 사람들을 기억했고, 그런 P가 내게 연락을 해온다는 사실이, 또 어디에서도 들어보지 못한 이야기를 들려준다는 것이 기뻤다. 설레고 조바심이 났지만 그럴수록 나는 차분하고 어른스럽게 행동하고 싶었다. 그리고 내게는 P가 그렇게 보였다. 그는 여유가 있었고 자기 주관에 따라 행동했다. 이해되지 않는 점이 있어도 우선 P를 따라보는 것이 최선이었다. 그건 내가 그 여름 가장 잘해보고 싶은 일이기도 했다.

내가 다시 말수가 줄고 대답이 느려질 때쯤 P는 못 이기는 척

나를 데리고 일어났다. 나는 완전히 지쳐서 그의 뒤꿈치를 바라보면서 걸었다. P의 집은 공원 바로 맞은편이었다. 그는 지갑 체인에 매달아둔 열쇠로 대문을 열었다. 그 이층짜리 주택엔 좁은 마당이 딸려 있었는데, 전혀 관리가 되지 않아서 사람들이 걸어다니는 길을 빼곤 온통 잡초가 무성했다. 화단에는 무엇인지 알아보기 어려울 정도로 비쩍 마른 식물 줄기들이 뒤엉켜 있었다. 주택을 돌아 뒤쪽으로 걸어가면 지하로 이어지는 계단이 보였다. P의 방은 그 아래였다. 불투명한 유리가 끼워진 문을 열자 P의 작은 방이 한눈에 들어왔다. 정면의 책상엔 맥북과 로직 머신이 놓여 있었고, 왼쪽으론 P가 레슨을 하고 잠을 자는 소파 베드와 이 단짜리 행어 하나가, 오른쪽으론 화장실과 자그마한 싱크대가 있었다. 그리고 오래된 벽걸이 에어컨, 에어컨이 있었다.

처음 켜질 때 좀 쿨럭대는 소리가 나기는 했지만 냉기는 좁은 방에 퍼지기에 충분했다. P는 주전자에 수돗물을 받아 물을 끓이고 찬장에서 둥그렇게 굳힌 보이차를 꺼내 부수었다. 나는 소파 베드에 엉덩이를 살짝 걸치고 앉아 그의 뒷모습을 지켜보았다. P는 작은 찻주전자에 보이차를 담아 접이식 테이블 위에 놓고는 소파 베드 쪽으로 가져왔다. 우리는 한동안 말없이 그것을 마셨다.

그런 만남이 반복되면서 P가 문득 내 볼에 입을 맞추거나 옷 위로 가슴을 쓰다듬거나 하는 일에 차차 무감해졌다. 방안에서 P는 어쩐지 말이 줄었고, 그러다 문득 영화를 보자고 했고, 소파 베드에 나란히 앉아 노트북을 들여다보고 있을 때면 돌연 몸을 붙여왔다. 처음엔 갑자기 자세를 바꾸는 것처럼 조금 내 쪽으로 기대거나 소파 헤드에 얹었던 손을 아래로 내려 내 어깨를 감싸안았다. 문득 무릎에 눕거나 팔짱을 껴오기도 했다. 그때마다 나는 놀랐고, P를 밀어내기보다는 그의 손이 더 넘어오지 않게 하는 데에 신경을 기울여야 했다. 긴장감이 한참이나 이어진 끝에 P는 갑자기 자리에서 일어나 화장실에 다녀오거나 신경질적으로 노트북 키보드를 눌러 영화를 정지시켰다. 그러고 나면 데이트는 끝이었다. P는 내게 가달라고 말하는 대신 휴대폰을 들여다보며 약속이 생겼다고 했다.

집에 돌아가는 길은 훨씬 더 멀게 느껴졌다. 서울로 향하던 한낮과는 달리 퇴근시간이 막 지난 버스는 만원이었다. P는 오늘 고마워, 라는 내 문자에 답하지 않았다. 나는 버스에 자리가 나기를 고대하면서, P와 내가 하고 있는 이 일에 이름을 붙여보고 싶은 충동에 휩싸였다. 처음에 P가 나를 만나고 싶어했을 때 나는 우리가 곧 연인이 될 거라고 낙관했다. 그다음엔 우리가 과정을 거치고 있는 거라고 생각했다. 하지만 지금은 불안했다. 그러고 보면 언제나 그랬다. 만나자는 제안을 하는 쪽은 늘 P였고, 그는 내가 보낸 문자에 한나절이 지난 뒤에나 답장을 보내오곤 했다. 아예 며칠이고 답장을 하지 않다가 오늘 올 수 있어? 거두절미 묻기도 했다. 나는 그런 시그널을 그러모아 상황을 해석해보려고 했다. 내가 본 영화들, 읽어온 희곡들, 그리고 온라인에 떠돌아다니는 연애에 대한 온갖 자료를 떠올려보았다. 그것들은 모두 이 관계의 위험성을 꽤나 경고하고 있는 것 같았다. 하지만 눈앞에서 일어나고 있는 일에 대해서라면 변수가 너무 많았다. P는 평범하지 않은 사람이었다. 예술가였고, 가난뱅이였고, 석유문명 사회를 거부하는 사람이었고…… 나는 왜 그동안 연애를 해보지 못했을까 자책하다가도 역시 나는 좀더 어른스럽고 확고한 신념을 가진 남자를 기다려왔던 거라고 생각하며 문득 만족스러워했다. 나아진 기분을 이어가기 위해 이어폰을 귀에 꽂았다. 그리고 밴드의 최신 앨범에서 P가 작사했다는 음악을 재생했다. P가 혼자 먹을 밥을 짓는 일의 쓸쓸함에 대해 노래하고 있었다. 나는 반복재생 버튼을 누르고 집에 갈 때까지 P의 목소리를 들었다.

집 앞에 도착해선 건물을 올려다보았다. 그 시간 불이 꺼진 곳은 우리집뿐이었다. 대부분 가족단위로 이루어진 빌라의 주민들은 저녁을 차려 먹고 샤워를 한 뒤 〈VJ 특공대〉를 보고 있을 터였다. 그러지 않기 위해서 무척이나 노력했지만, 현관문을 열 때는 언제나 쓸쓸했다. 신발장에 발을 디디는 순간 머리 위에서 쩽, 하고 핀 조명처럼 센서 등이 켜졌고 나의 슬픔은 한층 더 연극적이 되곤 했다.

*

여름 특강으로 열린 '희곡과 인물의 이해'에서는 입시 지정 작품으로 자주 선정되는 고루한 희곡을 강독하는 수업이 이어졌다. 「십이야」 「갈매기」 「벚꽃 동산」 「우리 동네」 「로미오와 줄리엣」, 그리고 이강백의 작품 등이 커리큘럼에 올랐다. 수업을 진행하는 동안 강사는 아이들의 졸음과 무기력을 덜어내기 위해 돌아가면서 대사를 읽게 했고, 그렇지 않아도 낯선 작품의 인물과 갈등이 한눈에 들어오지 않는 와중에 모두 엉망진창 되는대로 연기를 해서 집중력은 더 떨어져갔다. 강사의 설명을 들어가며 한 작품을 다 읽는 데는 두세 시간이 걸렸다. 아이들은 넓은 레슨실 곳곳에 등을 기대고 주저앉은 채 자기 차례가 올 때까지 졸거나 벽면의 거울을 힐끔거리며 시간을 보냈다. 나는 그 수업의 젊은 강사가 무척 애를 쓴다고 생각했고 그래서 다른 학생들보다는 조금 더 열심히 수업에 참여하려고 노력했다. 하지만 점심시간 직후의 수업은 역시 견디기 힘들었다.

그날 제육덮밥을 먹고 돌아와서 우리는 테너시 윌리엄스의 『여름과 연기』를 읽었다. 그나마 등장인물이 많지 않고 갈등 역시도 단순한 작품이었다. 나는 여느 때보다 집중해서 대본을 따라갔다. 자유분방한 의사 존과 청교도적 신념을 가진 앨마는 서로 사랑하지만 가치관의 대립으로 갈등을 겪고 어쩌고저쩌고하다가 앨마가 갑자기 정조를 버리고 관능적인 여성이 된다는 이야기였다. 테너시의 다른 작품인 『욕망이라는 이름의 전차』와도 별반 다를 것 없는 내용이었다. 앨마가 너무 빨리 변했기 때문에, 나는 몇 번이나 내가 놓친 부분이 있는지를 확인했고, 그렇지 않다는 것을 깨닫고 나선 흥미를 잃었다. 영원 같은 지루한 시간이 흘러갔다. 존은 앨마에게 성욕을 느끼는 게 얼마나 자연스러운 현상인지 역설하다가―나는 이 부분을 읽은 남자애가 너무나 큰 소리로, 또 손짓까지 곁들여 느끼게 연기했기 때문에 깜짝 놀랐다. "가끔 나는 병원에 붙어 있는 해부도를 당신에게 보여주고 싶소. 이 위에 있는 부분은 두뇌! 진실을 갈구하죠. 중간에 있는 부분은 위! 음식을 갈구하죠. 그리고 이 아래에 있는 부분은 성기! 사랑을…… (그리고 긴 공백) 갈구하죠"―앨마가 적극적으로 변하자마자 갑자기 예전의 모습을 찾으라고 충고하며 다른 여자를 찾아 떠났다. 옛날 작품들은 왜 이렇게 황당한지 알다가도 알 수 없었다. 마지막 장면에 대한 강독이 끝나자 강사는 어딘가 감격한 얼굴로 테너시 윌리엄스가 상업적으로도 예술적으로도 성공한 드문 극작가라고 상찬했다.

그때 이미 아이들 절반은 졸고 있었다. 세시에 끝났어야 할 수업이 벌써 사십 분이나 더 진행중이었다. 강사는 휴대폰을 꺼내 시간을 확인하더니, 앨마를 연기하기 위해서는 순수하고 고결한 태도와 관능을 모두 이해할 줄 알아야 한다고 말했다. 그러면서 강사는 열병에 걸린 앨마가 청진기를 든 존의 손을 슬며시 잡으며 생각이 달라졌어요, 말하는 부분을 연기한 애를 집어 "너는 남자친구 자주 바뀐다던데 그걸 야하게 못하니?" 하고 지적했고, 사실 모든 배역을 소화하기 위해서는 그 두 가지, 그러니까 고결한 태도와 관능이 핵심이라고 덧붙였다. 그러고는 급하게 자리를 떴다.

그날 저녁 나는 초에게 연락했다. 거실에 앉아서 웹툰이며 연예 뉴스를 되는대로 훑어보다가 문득 용기를 내 통화 버튼을 눌렀는데 초가 금방 전화를 받았다. 초는 집에 큰일이 있는 건 아니라고 했다. 시골 고모네 집에 계시던 할머니가 돌아오셨는데 거동이 힘들 때가 있고 갑자기 헛소리를 하시기도 한다고, 간병인을 붙일 정도는 아니기도 하고 그냥 할머니 곁에서 좀 쉴 겸 자기가 와 있는 거라고 말했다. 내가 그래도 힘들겠다, 하자 초는 할머니가 밥도 다 차려줘서, 하고 받았다. 초의 목소리가 생각했던 것보다는 밝았고 또 그애의 주위에서 들리는 텔레비전 소리가 어딘가 포근하게 느껴지기도 해서 좀 마음이 놓였다. 나는 초에게 요즘 학교에 떠도는 몇 가지 이야기를 들려주었다. 특히 우리가 싫어하는 애들에 대해서. 초는 열심히 들었다. 그애가 뭘 씹으며 대답하느라 웅얼웅얼 발음이 뭉개지더니 샥샥 뭔가를 베어 무는 소리가 났다.

수박 먹지?

응.

나도 먹고 싶다.

이마트 가서 하나 사와.

수박을 혼자 어떻게 먹어.

내가 나중에 집 갈 때 사갈게.

초는 보란듯이 더 큰 소리를 내며 수박을 먹었다. 그 소리를 듣는 동안 나는 초가 부러 무심한 표정을 지으면서 누군가를 놀리는 얼굴을 생생하게 떠올렸다. 초가 곁에 있는 것 같았다.

P의 이야기를 늘어놓기 시작한 것은 그래서였을 것이다. 나는 정리되지 않은 내 생각만큼이나 횡설수설했다. P가 자주 집으로 나를 불러들여 스킨십을 한다는 이야기를 하다가, 그게 이상하게 들린다는 것을 깨닫고는 그가 내게 했던 다정한 말들을 들려주며 P를 변호했다. 초는 한참 대답 없이 듣다가 나라면 안 만나, 하고 말했다. 초의 말투가 너무 단호했기 때문에 나는 더 묻지 못하고 그냥 좀 그렇지? 하고 그애의 의견에 동의했다. 대화를 다른 데로 돌려보려고 했지만 이미 어색해진 분위기를 다 풀지는 못했다. 초는 수박을 많이 먹어 오줌이 마렵다면서 전화를 끊었다.

*

다음 만남에서 P는 나를 홍대에 있는 하와이안 레스토랑에 데려갔다. 아는 형이 새로 인수한 곳이라며 어차피 한번 팔아주러

가야 했다고, P는 변명하듯 덧붙였다.

주택을 개조해서 만든 그 레스토랑은 하와이를 떠올리게 하는 온갖 것들, 그러니까 거대한 인조 야자수, 파인애플 모양의 미니 전구들, 빈티지 스팸 광고 포스터와 색색의 서프보드 같은 것으로 가득했다. 인조 잔디가 깔린 야외 테이블마다 무지개무늬 파라솔이 펼쳐져 있었고 이미 조금씩 제 빛깔을 잃은 그것들은 볕 아래서 무기력하게 탈색되어가는 중이었다. 그 모든 것 위로 가벼운 장조의 하와이안 뮤직이 내려앉았다.

불편한 플라스틱 테이블에서 랍스터 파스타와 파인애플 볶음밥을 먹는 동안 사장이라는 남자가 주방에서 나와 우리 테이블에 합석했다. 그 남자 역시 꽃이 그려진 하와이안 셔츠를 입고 있었다. 남자와 P는 내가 모르는 지인들의 이야기를 오래 나눴다. 그러다 남자가 나인지 P인지를 향해서 여자친구? 하고 물었다. P는 놀림을 당한 초등학생처럼 고개를 막 저으며 아 형 그런 거 아니에요, 답했다. 남자는 나를 흘끔 보고 다시 P 쪽으로 고개를 돌렸다. 둘의 이야기가 이어지는 동안 나는 서비스 메뉴로 나온 스테이크를 죄다 썰고 샐러드를 P와 내 접시에 나눠 덜며 분주하게 굴었다.

P가 계산을 마칠 때까지도 우리는 별로 이야기를 나누지 못했다. 남자는 음룟값을 빼주면서 또 놀러오라는 말을 덧붙였고, 나를 향해서도 시선을 던지며 여자친구도 또 데려와, 했다. P는 나를 슬쩍 돌아보곤 이렇게 말했다.

형, 얘 어려요. 진짜 어려요.

그러고는 실실 웃었다. 남자는 그래? 좋겠네, 말하더니 뒤돌아서 카운터 안쪽으로 들어가버렸다.

P는 그날따라 기분이 좋았다. 평소와는 달리 내 보폭에 맞춰 느리게 걸으면서 아까 거기 예쁘지 않냐, 그 형이 원래 감각이 있다, 중얼중얼 떠들어댔다. P와 함께 뭔가를 먹으러 가고 홍대를 걸어다닌 것은 그때가 처음이었다. 그 동네는 온통 P가 아는 사람투성이였다. 같이 걷다보면 얼마든지 더 그의 지인들을 만날 수도 있었다. 나는 그게 좋은 신호라고 생각했다. P가 기대하고 있던 영화가 개봉해 아트 시네마에도 함께 가기로 되어 있었다. 이것을 제대로 된 첫 데이트라고 불러도 좋을까. 그래도 될까. 나는 P의 얼굴을 자주 흘끔거렸다.

이화여대의 ECC 건물에서 본 영화는 마이클 무어의 것이었다. 둘러보면 모든 관객의 이목구비를 한눈에 알아볼 수 있을 만큼 상영관은 아주 좁았고 의자는 딱딱했다. 나는 후에 그것이 〈캡틴 마이크 어크로스 아메리카〉였는지, 〈식코〉였는지 오랫동안 헷갈렸다. 지금은 〈캡틴 마이크 어크로스 아메리카〉였을 거라고 생각하고 있지만, 두 영화가 같은 해에 개봉했기 때문에 확신은 없다. 그런 종류의 다큐멘터리영화를 보는 것이 처음이었고 상영이 끝난 후에 P가 질문을 할까봐 좀 긴장해 있었는데도 그렇다. 심각한 얼굴로 영화에 골몰해 있던 P는 그러나 아무런 질문도 하지 않았다.

영화를 보고 나와서 우리는 다시 한 시간을 걸어 그의 동네로 돌아갔다. 이미 늦은 시간이었지만 P는 친구가 여행에서 돌아오며 면세점에서 사다준 위스키가 있다고, 그걸 한두 잔쯤 나눠 마시자고 했다. 그후엔 시외버스 정류장까지 데려다주겠다고 했다. 그의 동네 어귀로 들어섰을 때 P가 슬며시 손을 잡아왔다.

너무 예쁘네요, 정말.

P는 왠지 존댓말을 써가며 그렇게 말했다. 그러고는 내 손을 잡아끌었다. 그의 보폭이 다시 빨라졌다.

위스키를 마신 것은 그의 집에 들어가고 한참이 지나서의 일이었다. P는 홑이불로 몸을 가린 나를 내버려두고 아무렇지 않게 팬티를 찾아 발에 꿰었다. 그러곤 싱크대로 가서 위스키를 따랐다. 그가 내 위에 있는 동안 나는 아무 생각도 할 수 없었다. 쾌라든가 불쾌라든가 하는 것도 알기 힘들었다. 너무 강렬한 신체의 감각이 나를 사로잡았다. 성기 같은 게 몸에 들어왔기 때문은 아니었다. 내 몸이 구석구석 만져지고 그의 몸과 밀착되는 동안 나는 P가 얼마나 낯선 사람인지를 실감했다. 무엇보다 그의 땀. 이제 막 나기 시작한 땀과 종일 거리에서 흘린 땀이 섞여들어 내 몸으로 스몄다. 나는 사람의 냄새가 서로 얼마나 다른지를 생생하게 실감했다. P는 정자세로 성교하다 말고 내 옆구리를 툭툭 쳤고, 그의 눈을 노려보는 나에게 아 왜 이래, 고등학생처럼, 하고 말했다. 내가 고등학생인데? 하고 답하자 P는 대답 없이 하던 일에 다시 열중하기 시작했다.

P는 접이식 테이블에 내 몫의 위스키 잔을 놓고 자기 잔을 한 번에 비웠다. 그러고는 샤워를 하러 욕실로 들어갔다. 나는 잔을 들어 입으로 가져갔다. 식도가 타는 듯했다. 위스키 역시 내겐 처음이었다. P의 방이 생경하게 느껴졌다. 테이블 위에 P가 정액을 닦아낸 휴짓조각이 놓여 있었다. 나는 그것을 집어들어 싱크대 옆면에 걸린 종량제봉투에 넣었다. 그리고 천천히 옷을 꿰입었다. P는 샤워를 마치고 나와 이번에는 위스키를 잔에 가득 따랐다.

그날 밤 나는 P의 작은 소파 베드에서, P는 바닥에 요를 깔고 잠들었다. P를 따라 위스키를 좀더 마셨는데도 잠이 잘 오지 않았다. 그는 등을 둥글게 말고 이불을 모아 다리 사이에 끼운 채 코를 골았다.

*

이후로도 나는 P를 만났다. 나는 더이상 그 밴드의 공연에 갈 때 돈을 내지 않았다. 공연장에 도착해 전화를 하면 P가 마중을 나왔다. 때론 게스트 북이라 불리는 목록에 미리 이름을 올려두기도 했다. 초와 공연을 보러 갔던 날 멤버들과 앉아 있던 다른 여자들처럼, 나는 이제 유료 관객이 아니었다. 매니저 언니는 그 점에 대해 궁금해하지 않았다. 다만 어쩌다 공연장을 찾은 P의 지인들이나 다른 밴드의 멤버들이, 넌 진짜 어린 것 같은데? 몇 살인지 물어봐도 돼? 하고 말을 건네왔을 뿐이다. 나는 점차 무표정한 얼굴로 스무 살인데요, 답할 수 있게 되었다. P나 다른 멤버들의 게스트들과도 안면을 익혀나갔다.

하지만 다른 멤버들의 여자친구들, 그러니까 '진짜' 여자친구들과는 섞일 수 없었다. 그들은 그들끼리만 이야기를 주고받았다. 그건 고등학생의 노골적인 따돌림과는 달랐다. 모여 서 있다가도 내가 다가가면 스르르 흩어지거나, 어쩌다 말을 걸어올 때도 언제나 약간 날이 선 듯―"내일 학교 가야 하지 않아? 요즘은 다른가. 난 졸업한 지 너무 오래되어서"부터 (눈썹을 약간 까닥대며) "P가 잘해줘?"까지―했다. P는 틈틈이 나를 챙기기는 했지만 누구에게도 나를 여자친구로 소개하지는 않았다. P의 곁에 있기 위해서 외면해야 하는 수많은 불가해한 감정 중 하나였다.

P와의 만남은 늘 비슷하게 이어졌다. 그는 여전히 내 연락에는 잘 답하지 않았고, 내킬 때 문득 전화를 걸어왔다. 연락이 잘 안될수록 그에게 신경이 쏠렸던 나는 수치심을 느끼면서도 먼길을 달려갔다. 가끔 섹스를 하고 나서도 오랫동안 그의 소파 베드에서 함께 영화를 볼 때가 있었다. 하지만 P는 이내, 자기도 가기 싫지만 꼭 얼굴을 비쳐야 하는 공연이 있다, 중요한 미팅이 있다, 하는 핑계를 대며 자리에서 일어났다. 꼭 한 번은 P가 택시를 타고 우

리집에 왔다. 전화를 받고 나가보니 그는 택시비를 제대로 지불하지도 못할 만큼 인사불성이었다. 간신히 그를 달래 집으로 데리고 올라왔다. P는 물 한 잔을 겨우 마시곤 내 침대에서 잠이 들었다. 나는 그가 나를 보러 온 게 믿기지 않아서 잠들지 못하고 오래 뒤척였다. 새벽녘 잠에서 깬 건 벽을 향해 모로 누워 자던 내 몸으로 들어온 그의 성기 때문이었다. 잠결에 나는 눈물이 났다. 뭐가 서러운지도 모르면서. 등뒤의 P가 알아채지 못하게 조용히 눈물을 닦아냈다. 선잠이 들었다 다시 깨어났을 때 P는 이미 떠난 뒤였다.

어느 저녁 한참을 구글링한 끝에 나는 그루피라는 단어를 찾아냈다. 지난여름 내내 내가 정체를 밝혀보기 위해 노력했던 P와의 관계가 그 단어 안에 명확하게 정리되어 있었다. 내가 본 건 그루피라는 단어에 대한 정의가 아니라, 홍대 씬에서 그루피를 보는 일이 얼마나 불쾌한지에 대한 개인적인 소회를 적은 포스트였음에도 나는 곧장 그 의미를 알아챌 수 있었다. 그곳에서 사람들이 나를 보는 눈빛과 P가 나를 대하는 태도에서 지겹도록 체화해온 것이기 때문이었다. 내가 아는 모든 것을 그러모아보아도 설명되지 않던 한 시절이 그 단어의 발견과 함께 빠르게 무너져내렸다. 그날 나는 울지 않았다. 문득문득 눈물이 난 것은 그후로 며칠이 지난 어느 날, 또 몇 달이 지난 밤들이었다. 문자에 답을 하지 않자 P는 이내 뜸해지더니 다시는 전화하지 않았다.

우리가 만나는 동안 P는 콘돔을 사용하지 않았다. 몇 번인가 더 섹스를 한 뒤 슬며시 그 이야기를 꺼냈을 때, 그는 한 번도 콘돔을 사용해본 적이 없다고 말했다. 그의 친구들 역시 그렇게 해왔고 아무런 문제도 없었다고 덧붙였다. 그러고는 신재생 소재의 콘돔과 포장재의 필요성에 대해 불필요하게 긴 이야기를 늘어놓았다. 그사이 내 이십사 인치 캐리어—집에서 온전한 내 공간은 그것뿐이었다—에는 임신 테스트기가 늘어갔다. 첫 관계 이후 생리가 하루만 늦어져도 아침저녁으로 테스트기를 사러 다녔다. 길쭉한 그것의 몸체는 물론 플라스틱이었다.

3

초는 방학이 끝날 무렵 집에 들렀다. 그날 초의 아버지를 처음으로 봤다. 아버지가 큰 짐들을 차로 옮기는 동안 초는 방바닥에 무릎을 꿇고 앉아 자잘한 것들을 상자에 챙겨넣었다. 나는 주방에서 초의 머그컵과 그릇들을 찾아 가져다주었다. 그러고는 다른 룸메이트들과 현관에 나란히 서서 초를 배웅했다. 초는 웃으면서 인사를 했지만, 나에게도, 다른 룸메이트들에게도 눈을 맞춰주진 않았다. 큰 상자를 들고 계단에 서 있던 초의 아버지가 재촉했다.

초가 전학을 간 뒤 교실 안에서 초에 대한 평가는 훨씬 더 냉혹해졌다. 초와 가끔 점심을 먹거나 매점에 가곤 하던 아이들조차 초를 언제나 예민하게 굴면서 주변 사람들을 불편하게 만드는 침울한 캐릭터로 묘사했다. 그 시절의 초가 건강했다고 말할 수는 없겠지만, 나는 별거 아닌 일에도 곧잘 웃음을 터뜨리거나 여럿 앞에서 자신 있게 농담을 던지던 초를 기억했다. 시간이 지나자 룸메이트들 역시 초가 자신에게 실수했던 아주 사소한 에피소드를 들먹이며 그애를 미워하기 시작했다. 초의 침대는 다른 아이로 빠르게 채워졌다. 초가 늘 침대맡에 두고 아침마다 얼굴을 확인하던 헬로키티 탁상 거울만이 그대로 남아 있었다.

어쩌면 아이들은 서운했던 건지도 모른다. 내가 그랬던 것처럼. 그 시절의 우리는 자기감정을 정확하게 짚어내지 못했다. 초가 그렇게 떠난 것은 일말의 자존심 때문이었을 거라고 지금은 생각한다. 나는 초가 떠난 이유를 정확히 알지 못한다. 룸메이트들과 다함께 패밀리 레스토랑에 가기로 했던 어느 주말 초가 어색하게 체했다고 거짓말했던 일이나 매번 편의점에서 제일 싼 생리대를 골랐던 일로 그애의 사정이 내가 알던 것보다 좀더 나빴을지 모른다고 짐작할 뿐이다. 가끔은 문득 초를 떠올렸고 그때 내가 조금 더 손을 뻗었어야 했다고, 그애의 곁에 있어줬어야 했다고 자책했다. 시간이 더 흐르고 나서는 내가 뭘 할 수 있었겠느냐 단념하는 쪽으로 생각이 기울었다. 나 역시 엄마가 운전하는 외제차를 타고 등교하는 애들을 못 견디게 부러워하는 못사는 집 애였고, 어딘가 나사가 빠져선 자주 잠 못 이루던 열여덟이었다.

그 시절을 떠올리더라도 더이상 초에 대해 미안함을 느끼지 않게 되었을 무렵, 그러니까 대학에서의 네번째 학기가 시작되던 날 초는 갑자기 나타났다. 모두가 꼭 참석해야 하는 개강총회 자리였고, 지루한 식순에 따라 신입생들의 자기소개에 이어 편입생 소개를 할 때였다. 연기과에 편입생이 드문 건 아니었지만 학년별로 엄격하게 위계를 지키던 과 내에서 그들은 골치 아픈 깍두기 신세였다. 동기들은 신입생들의 자기소개를 들을 때와는 달리 술을 나눠 따르거나 휴대폰을 들여다보거나 하며 딴청을 피웠다. 나 역시 실컷 낮잠을 자던 방학을 그리워하며 입을 가리고 몰래 하품했다. 그런데 다른 학교 연기과나 영화과가 아닌 통계학과에서 편입을 했다고 자기를 소개하는 애가 있었다. 반사적으로 고개를 들어보니 의구심에 찬 시선들을 받아내고 있는 키 큰 여자애가 보였다. 그게 초였다. 연기과 전체가 들어갈 수 있는 커다란 호프집이었고, 편입생 테이블은 내가 앉은 곳의 정반대 쪽이었지만 그 순간 나는 우리가 서로를 알아봤다는 것을 알 수 있었다.

다음날엔 초와 내가 몇 가지 전공수업을 같이 듣는다는 것을 알게 되었다. 초는 시간을 내서 1, 2학년 전공필수 과목을 따로 이수해야 했지만, 다른 학교에서 3학기까지 마치고 온 덕에 나와 학년은 같았다. 나는 부러 동기들에게 초가 예고 출신임을 흘렸다. 아이들이 통계학과에서 온 초를 만만히 보는 게 싫었기 때문이다.

그다지 효과가 있었던 것 같지는 않지만 말이다. 트레이닝복을 입고 뮤지컬 실습에 들어온 초는 한눈에 보기에도 긴장해 있었다. 그애는 축 늘어뜨린 한쪽 팔을 다른 쪽 팔로 감싸쥐고 구부정하게 몸을 웅크렸다. 첫 수업에서 우리는 그 학기 내내 연습해 종강 무렵 공연할 〈위키드〉의 넘버를 반복해 들으며 가사와 대사를 익혔다. 나는 합창 속에서 초의 목소리를 찾아보려고 귀를 기울였다. 교수의 지도에 따라 팀을 짜기 시작했을 때 나는 초를 우리 팀으로 데려왔다. 대학에 와서 사귄 가장 친한 친구 둘이 그것을 눈감아주었다. 초가 하이, 하고 속삭여 인사했다.

기말고사 대체 공연을 위해 매일 야작을 했다. 뮤지컬 실습 외에도 거의 모든 전공과목에 실기 평가가 있었다. 초와는 스케줄에 따라 일주일에 두세 번 연습을 같이했고, 자정이 넘어 동기생끼리 모인 술자리에서도 여러 번 마주쳤다. 어느새 나도 담배를 피우게 되었기 때문에, 초와 나는 자주 둘이서 바깥으로 나가 공기를 쐬었다. 담배가 한 대 타들어가는 짧은 시간 동안 주로 내가 초에게 무언가를 묻고 초가 이야기를 들려주었다. 작년에 그애의 할머니가 돌아가신 얘기. 통계학과의 재미없는 수업 얘기. 거기에서 만나 이 년째 사귀고 있다는 남자친구 이야기. 티셔츠 차림에서 얇은 카디건으로, 카디건에서 코트로, 또 코트에서 패딩으로 옷차림을 바꾸는 동안 학기는 정신없이 흘러갔다.

학교의 중앙제어 라디에이터는 저녁 일곱시가 되면 칼같이 꺼졌다. 학생회에서 가져다놓은 온열기가 있었지만 언 발을 녹이는 용도로나 쓰일 뿐 빠르게 식어가는 강의실의 공기를 데우기는 힘들었다. 뮤지컬 실습 교수는 의상과 작은 무대배경까지 학생들이 직접 챙기도록 했기 때문에 같은 팀 동기들은 과실에서 막바지 작업을 했다. 초와 나만이 강의실에 남아 함께 노래하는 부분을 녹음하고 다시 들어보았다. 초도 나도 학과에서 단체로 맞춘 롱 패딩을 목 끝까지 잠가 올린 채였다. 몸이 얼어가도록 연습은 끝나지 않았다. 좀전보다 더 나빠졌다가 다시 좋아졌다가 하는 식으로 이어졌는데, 그래도 한참 전에 부른 버전을 들어보면 나아지기는 했다는 것을 알 수 있었다. 공연날까지 계속 불러보는 것밖에는 방법이 없었다. 밤 열한시 사십오분, 경비 아저씨가 순찰을 돌며 아이들을 내보내기 시작할 때에야 우리는 연습을 마칠 수 있었다.

그날 역시 초와 나는 복도 저편에서 경비 아저씨가 다른 아이들을 쫓아내는 소리를 듣고 강의실을 정리했다. 가방을 챙겨 과실에 들렀지만 동기들은 이미 소품을 정리하고 집으로 돌아간 모양이었다. 우리는 계단으로 향했다. 초가 어두운 천장으로 손을 뻗어 휘휘 저어보았다. 이미 건물 전체의 전원을 내리기 시작했는지 센서 등이 켜지지 않았다. 우리는 각자 휴대폰 플래시를 켜 발밑을 비췄다.

술 먹을래?

한참 말없이 계단을 걸은 끝에 초가 물었고 나는 곧장 한잔해, 답했다. 초와 단둘이 술을 마시는 건 실로 오랜만이라고…… 생각하면서. 초는 어둠 속에서 고개를 돌려 내 얼굴을 봤다.

그때 생각나?

언제?

홍대 간 날 있잖아. 모르는 아저씨들이랑 술 마신 날.

초는 말하곤 좀 웃었다. 나는 짐짓 아무렇지도 않게 응, 했다.

이상했어. 그 K란 사람.

초가 침을 삼켰다.

새벽에 그 사람이랑 밖에 있었을 때 나한테 갑자기 막 사귀자고 했거든. 처음에는 그냥 좀 받아줬는데, 왜 그랬는지 모르겠어. 거기 클럽 근처에 걔네 작업실 있던 거 알아? 지하에. 막 골목마다 멈춰 서서 키스를 해가면서 거기로 데려가더라고.

초는 무언가 더 말하려는 듯 망설이다가 입을 다물었다. 우리는 계단을 다 내려와서도 밖으로 나가지 않고 나란히 벽에 등을 기댄 채 섰다.

난 좀 만났어, P.

걘 어때?

똑같지 뭐, 미친놈들.

초는 대답이 없었다.

나는 노래를 생각했다. P가 들려준 노래들을. 몇몇 곡은 정말로 좋았다. 나는 그다지 음악을 즐겨 듣지 않는 사람으로 자랐지만, 가끔 음악이 필요할 땐 여전히 그가 알려준 곡들을 듣곤 했다. 사람들에게 플레이리스트를 공유할 일이 생기면—예컨대 음악을 좀 틀어보라거나 추천을 해달라거나 하는 이야기를 들을 때—그들은 어쩐지 내게 감탄했다. 노래를 좀 안다 하는 사람들일수록 그랬다. 이런 곡은 어떻게 알게 되었느냐고 묻거나, 그 곡 외엔 아는 게 전혀 없는 내게 그 나라 인디 씬에 대한 긴 사견을 들려주기도 했다. 그때마다 나는 부끄러운 얼굴이 되어버렸다. 그리고 가끔은 골몰했다. 왜 이 곡들은 내 것이 되지 않는지. 영영 어디선가 훔쳐온 리듬으로 남아 있는 건지.

그러니까 나는 그때 내가 가진 밑천을 모두 털어 초대되지 않은 세계에 편법으로 침입했다는 생각. 그리고 끝내는 부끄러운 몰골로 추방당하고 말았다는 생각. 이어폰을 귀에 꽂고 걸어다닐 때마다 몰려드는 그런 감정을 아주 오래 의심하지 못하고 살아왔다.

힘들었겠네.

한참 뒤 초가 말했다.

너도 힘들었겠네.

내가 말했다.

초가 아니 진짜로, 하고 말하면서 몸을 돌려 내 앞에 와서 섰다. 교정의 가로등 불빛이 초를 희미하게 비췄다. 초가 내 눈을 똑바로 바라보았다. 나는 겨우 입을 열어 그러니까, 너도, 하고 답했다. 열여덟의 초와 지금의 초는 그다지 달라지지 않은 얼굴이었다. 쌍꺼풀 없이도 큰 눈은 물론이고 입꼬리 양쪽으로 붙은 약간의 젖살과 그 주근깨들까지도. 나는 초의 얼굴을 새삼스레 살펴보다 비실 웃음이 터졌다. 잠깐 어리둥절해하던 초도 따라 웃기 시작했다. 초와 나는 그대로 자리에 주저앉아 웃었다. 뭐가 웃기는지도 모르면서. 웃음은 잦아든 뒤에도 딸꾹질처럼 입가에 남아 좀체 완전히 멎지 않았다. 초와 나는 여전히 웃음을 좀 흘리면서, 천천히 문을 밀고 찬바람이 부는 바깥쪽으로 걸어나갔다.

리틀

선 샤 인

1

탄야는 여자가 입혀준 팬티를 곧장 벗어던졌다. 그러고는 작은 엉덩이를 흔들며 젖은 타일 위를 질주했다. 여자는 포기한 듯 바닥에 내팽개쳐진 팬티를 주워 들고 마당을 휘둘러보며 누구를 향해서랄 것도 없이 웃어 보였다. 나는 시선을 거두었다.

종일 콘도의 사무실을 지키며 소일하는 여자는 문득문득 자리를 털고 일어나 탄야의 아랫도리 단속을 했다. 탄야는 뒤뜰의 화단이나 콘도 앞 좁은 길목, 때로는 수영장 옆에서도 아무렇게나 오줌을 싸댔다. 개미가 줄지어 지나가는 흙바닥에 발을 벌리고 주저앉아 잡초며 돌멩이를 오래 뒤적이기도 했다. 대놓고 싫은 기색을 하는 사람은 없었다. 그러니 여자의 팬티 입히기도 그저 지겹게 반복되는 시늉에 그쳤다.

소피는 세시 무렵 어김없이 돌아왔다. 손에 든 봉투에서 맥주와 탄산수 병이 서로 부딪쳐 짤랑댔다. 여자는 소피가 온 것을 확인하곤 플라스틱 테이블을 펼쳤다. 매일같이 되풀이되는 풍경이었다. 그들은 지금부터 맥주를 마시기 시작해 저녁이 되면 음식을 좀 사다 먹고, 이후에는 태국산 싸구려 위스키에 얼음과 탄산수를 섞어 마시며 시간을 보낼 것이었다.

선베드 곁에 와서 선 소피가 수영복 밖으로 드러난 내 어깨를 찰싹 때리는 것으로 인사를 대신했다.

안 더워?

소피는 얼굴을 잔뜩 찌푸린 채 작열하는 태양을 눈짓했다. 나는 파라솔의 철제 기둥을 손끝으로 두드리며 웃었다.

며칠 전 술자리에 함께한 이후로 소피는 나를 부쩍 살갑게 대했다. 종일 비가 쏟아지던 날이었다. 콘도 로비에서 책을 뒤적이던 나는 처음으로 소피의 술자리 제안을 받아들였다. 그때까지만 해도 나는 소피가 여자의 엄마일 것이라 여겼다. 소피는 늘 짧은 청바지에 민소매 차림이었지만, 웃는 모양으로 잘게 쪼개어진 주름과 아래로 축 늘어진 가슴이 나이를 짐작게 했다. 탄야는 소피를 친할머니처럼 따랐다. 소피는 탄야의 숱 없는 머리를 오래 빗어 양 갈래로 묶어주었고, 탄야도 낮잠 시간이 가까워오면 칭얼대며 술이 올라 벌게진 그녀의 품으로 파고들었다.

　소피는 장기 여행자들이 주로 체류하는 이 콘도의 유일한 태국인 숙박객으로, 여자와는 그냥 친구 사이라고 했다. 그날 에어컨 바람이 강하게 뿜어져나오는 좁은 사무실에서 어깨를 맞댄 채 술을 마시는 동안 나는 몇 가지를 더 알게 되었다. 저녁이면 콘도로 돌아와 자연스레 술자리에 합석하는 남자는 여자의 남편이 아니라 남자친구라는 것, 소피가 밤중에 불콰하게 취한 채 전화를 걸어 애타게 찾는 사람은 그녀의 미국인 애인이라는 것—여자는 그가 바람둥이라며 인상을 찌푸렸다—, 콘도 주인은 싱가포르 사람으로, 여자가 여행사에서 일할 때 만나 친구가 되었으며 아시아 곳곳에 이런 건물이 여럿 있는 부자라는 것, 콘도의 이름 '리틀 선샤인'은 탄야를 유독 예뻐했던 그가 아이를 위해 붙였다는 것.

　여자는 집주인이 가끔 이 콘도의 존재를 잊어버린다고 하며 웃었다. 그럴 수도 있겠지. 나는 여행자의 특권으로 두 번 생각하는 대신 기꺼이 이 이상한 관리인 가족을 받아들였다.

　한 층에 여섯 호씩, 모두 열여덟 개의 방을 가진 자그마한 콘도였다. 주차장을 겸하는 마당 구석에 낡은 선베드 몇 개와 수영장이 있었다. 자유형으로 네 번, 접영으로는 두 번 팔을 휘두르면 반대쪽 끝에 닿는 작은 수영장이었다. 불순물로 부연 물이 푸른색 타일 위로 흐릿흐릿 일렁였다. 여자나 그녀의 남자친구가 담배를 피워 문 채 뜰채를 가져와 나뭇잎 같은 부유물을 건져내곤 했다.

수영 후엔 거품을 내 샤워를 해도 몸에서 염소 냄새가 빠지지 않았다. 염소의 독한 냄새는 세균을 죽이면서 생겨나는 것이라던데, 그렇다면 리틀 선샤인의 수영장 물에는 죽여야 할 세균이 언제나 넘쳐나는 모양이었다.

대부분의 사람들은 수영장을 사용하지 않았다. 한 쌍의 독일인 노부부와 내가 종일 선베드를 차지하고 시간을 보냈다. 노부부는 서로 대화가 없었다. 할머니는 한 시간에 두 번쯤 물에 몸을 담근 채 서서 팔다리를 크게 흔들며 독창적인 운동을 했고, 할아버지는 벌건 반점이 번진 맨살을 햇볕 아래 내어놓고 낮잠을 잤다. 그리고 그 외의 시간에는 모로 누워 각자 책을 읽었다. 나 역시 그들 곁에서 종일 책을 읽다가 몸이 뜨거워질 때만 잠깐씩 물에 들어갔다.

에어비앤비를 통해 예약한 숙소였다. 장기투숙 할인, 최대 예산, 그리고 수영장 옵션을 입력하자 선택지가 큰 폭으로 줄었다. 번듯한 수영장과 깨끗한 리넨 이불이 깔린 침대 사진을 살펴보면서도 기대는 없었다. 그런 것에 속지 않을 만큼은 여행 경력이 있었다. 숙소의 상태는 숙박비에 비례할 따름이었다. 나는 지도로 콘도의 위치를 확인했고, 도보로 시내까지 나갈 수 있다는 이유로 리틀 선샤인을 선택했다.

예상대로 방은 지저분했다. 바닥에 깔린 흰색 타일 틈마다 오래 묵은 때가 끼어 있었다. 한 칸짜리 냉장고에서는 밤잠을 설치게 할 만큼 거대한 소음이 났다. 침대 매트리스는 딱딱했고, 수압이 낮아 화장실 변기 물에 늘 누런빛이 돌았다. 하지만 나는 불평하지 않았다.

2

아무런 기대도 하지 않는다. 그러면 실망할 일은 없고 드물게 만족할 일이 있다.

여행에서뿐만 아니라 생활에서도 그런 태도가 어느덧 기본이 되었다. 몇 해 전 한 문예지로 데뷔한 뒤 나는 전업작가 생활을 시도하고 있었다. 소설을 쓴다고는 했으나, 방안에 앉아 인터넷을 떠돌며 시간을 죽였다. 대입 자소서며 입사지원서를 닥치는 대로 받아 첨삭하는 일을 했고, 학생부종합전형에 제출할 독서 포트폴리오를 비슷비슷하게 만들어주고 돈을 벌었다.

한겨울이나 한여름에 비행기표를 끊는 것은 대학 시절 방학에 맞춰 여행을 떠나던 습관 때문이었다. 일 년 동안 모은 적금을 깨고 여행지를 골랐다. 비행기에서 내려 첫 숨을 들이쉬는 것만으로도 벅차던 순간이 있었다. 혼자 걷다 못 견디게 쓰고 싶어져서 숙소에 틀어박혀 소설을 완성하던 밤들이 있었다. 여전히 짐을 쌀때면 노트북과 구상 노트, 부드럽게 미끄러지는 볼펜을 챙기기는 했지만 좋은 글을 써오겠다는 다짐이랄까 기대를 하는 것은 먼 애기가 된 듯했다.

중부의 섬 타오를 거쳐온 길이었다. 넉넉히 한 시간이면 오토바이로 구경을 마칠 수 있는 작은 섬이었다. 관광객이 많은 곳은 아니었다. 타오 근처에 넓은 백사장으로 유명한 섬이 있었다. 개발의 관심에서 멀어져 있던 타오는 그 덕에 깨끗한 바다를 찾아 돌아다니던 젊고 가난한 다이버들의 차지가 되었다. 지금은 각국의 다이버들이 정착해 숍을 운영하며, 싼 가격에 다이빙을 즐기려고 찾아온 젊은 여행자들을 맞았다. 사소한 소통의 실패가 큰 사고로 이어지는 다이빙의 특성 때문에 여행자들은 같은 나라 출신의 강사를 선호했다. 타오의 숍들에는 다이버의 출신국을 알리는 국기가 저마다 붙어 있었고, 때문에 지구촌 테마파크 같은 분위기를 풍겼다.

나는 한국인 강사에게 다이빙을 배우며 보름을 보냈다. 아침이면 숍으로 가 장비를 점검하고 잠수복으로 갈아입었다. 사람들이 모이면 작은 모터가 달린 배를 타고 먼바다로 나갔다. 다이빙에서 중요한 것은 평정이었다. 호흡에 신경을 집중하고 차분히 부력을 조절할 것. 맑은 물속에서 산소통의 공기를 빨아들이고 내쉬는 숨소리만이 선명했다.

오후 동안은 느리게 산책하고 식당이나 카페에 앉아 시간을 보냈다. 멀리 바다가 더없이 맑게 빛나는 섬 전체에 조용히 무거운 소문이 떠다녔다. 건너 숍 수영장에서 한 관광객이 익사했다는 소문이었다. 다이빙 강습을 위해 설계된 수영장은 수심이 깊었다.

마침 장대비가 내리는 통에 오래 익사자를 발견하지 못했다고 했다. 비슷한 시기 일어난 다른 죽음도 있었다. 섬에서 오래 살아온 다이버들은 관광객들과는 달리 그 죽음에 한층 마음을 쓰는 것 같았다. 스웨덴 다이빙 숍 앞에 사진과 꽃, 맥주와 말보로 담배 따위가 놓인 추모 공간이 마련되었다. 섬에서 십 년을 살며 일했고 잠수병으로 한쪽 다리를 잃은 뒤에도 강습을 계속해왔다는 그는 밤중에 숙소에서 목을 맸다. 식당에서 만난 옆 테이블 손님이며 마사지 숍 종업원들이 목소리를 낮춰 소식을 전해주었다.

숙소에 머물 때면 옆방의 젊은 호주인 커플의 교성을 들어야 했다. 그들은 늘 수영복 차림으로 모래를 잔뜩 묻힌 채 바다에서 돌아왔고, 문을 걸어 잠그기가 무섭게 서로를 안았다. 나는 천장을 바로 보며 누운 채 모래와 소금기로 까슬까슬한 살결을 생각했다. 그리고 불현듯 섬을 떠나는 배편과 숙소 정보를 찾아보았던 것이다.

3

저 사람이랑 이야기해봤어?

여자가 턱짓으로 로비를 가리켰다. 한 남자가 엘리베이터에서 막 내려선 참이었다. 내 옆방에 머무는 이로, 여자의 말에 따르면 한국 사람이었다. 뜨겁고 눅눅한 날씨에도 그는 늘 긴 셔츠 차림이었다. 포마드로 깔끔하게 넘긴 머리 스타일이 언뜻 나이들어 보였지만, 눈길에 어린 장난기와 입꼬리에 붙은 볼살이 앳되었다. 많아도 서른은 되지 않을 듯싶었다. 나는 소피가 만들어준 하이볼을 마시며 발을 까딱거렸다. 탄야가 휴대폰을 찾느라 내 허리께에 달라붙어 바지 주머니를 헤집었다. 나는 아무것도 없다는 의미로 주머니를 가볍게 두드렸다. 탄야가 태국어로 재잘거리며 불만을 표했다.

그는 석 달째 콘도에 머무르고 있다고 했다. 숙박객 대부분이 직업이나 신분이 명확지 않은 외국인이었고, 마약 거래 단속으로 경찰이 들이닥친 일부터 술 취한 사람들 간의 싸움까지 크고 작은 사고를 여럿 겪어온 탓에 여자는 은근히 동태를 살피는 일에 이골이 난 듯했다. 미리 불러두었는지 남자는 문 앞에 서 있는 택시에 곧장 올라탔다.

아마도 섹스 투어리스트.

내 말에 소피가 웃었다. 나는 어깨를 으쓱했다. 매일 죽은듯 방에 머무르다가 늦은 밤이 되어서야 차려입고 길을 나서는 사람이니 지나친 오해도 아니다 싶었다.

태국 오는 남자들, 전부 섹스 투어리스트.

소피가 타령을 하듯이 리듬을 붙여 중얼거렸다.

리틀 선샤인에서 나는 하룻밤을 같이 지낼 여자를 데리고 들어오는 남자들을 자주 마주쳤다. 노후 이민이나 사업을 준비하기 위해 왔다던 사람도, 여행을 하며 일을 한다는 프리랜서와 디지털 노마드도 마찬가지였다.

태국을 찾은 것은 이번이 네번째였다. 여행자 거리와 호텔, 관광지를 바쁘게 오갈 때는 보이지 않던 것들이 지난 여행에서부터 눈에 들어오기 시작했다. 여행자 거리에 있는 바에서도 거리낌없이 여자를 사곤 하는 서양인들과 달리, 한국 사람들은 보다 으슥한 장소에 모였다. 한번 알아채자 원치 않아도 곳곳에서 목격되었다. 젊은 직장인은 물론 내 또래나 보다 어린 대학생까지도 길거리에서, 클럽에서 여자와 흥정을 했다. 몇 번의 검색 끝에 성 관광이 한국 커뮤니티에 널리 퍼진 문화임을 알게 되었다. 커뮤니티에는 한국에서 미리 데이트 앱을 깔고 여자와 약속을 잡는 법이며, 한국인의 취향에 맞는 서비스를 하는 업소와 하룻밤에 적당한 금액 정보, 물좋은 클럽의 이름이 넘쳐났다. 성 관광이라고 하면 중년 남성이 비행기에 골프채를 싣고 날아가 가이드를 따라다니며 유흥하는 일을 떠올렸던 내게는 신선한 일이었다. 외국어 의사소통에 거리낌이 없고 자유여행에 익숙한 세대가 새로운 시장을 열고 있었다.

태국 사람들은 젊은 한국 사람이 오래 돌아다니면 나쁜 일 한다고 생각해. 뉴스에 많이 나와.

여자는 갬블, 일리걸, 하고 덧붙였다. 불법 도박 사이트 이야기인 듯했다. 태국에 서버를 둔 도박 사이트에 대한 뉴스는 한국에서도 본 적이 있었다.

그런 사람들은 돈을 엄청 많이 벌걸. 좋은 오피스텔에 살고 있겠지.

나는 낡고 자그마한 리틀 선샤인을 새삼스레 둘러보았다.

어느새 술에 취한 소피가 사무실 밖으로 나가 전화기를 붙잡고 울며 통화를 시작했다. 여자의 남자친구는 막 손가락을 빨며 졸기 시작한 탄야에게 조심스럽게 기저귀를 채웠다. 소피가 사다놓은 위스키병은 모두 비어 있었다.

나는 조용히 일어나 콘도를 나섰다. 검게 젖은 아스팔트 위로 콘도 간판 불빛이 누렇게 부서졌다. 주변은 온통 주택가였다. 낮은 단층 주택과 빌라가 이어졌다. 사방에 널린 깨진 보도블록 조각이 자꾸만 걸음을 막고 헐거운 슬리퍼를 벗겨냈다. 부족함 없이 쏟아지는 볕과 비를 맞고 자란 남국의 가로수가 거대한 뿌리를 뻗으며 보도를 망가뜨렸다. 나는 길 끝의 슈퍼마켓 문을 열고 들어갔다. 카운터에 앉아 휴대폰 게임을 하고 있던 아이가 고개를 들어올렸다. 얼굴에 졸음과 피로가 잔뜩 어려 있었다. 아이의 머리 위쪽으로 진열된 리큐어가 보였다. 나는 수입 브랜드의 위스키를 살까 망설이다가 그만두고 소피가 늘 마시는 태국 브랜드를 골랐다. 아이가 병 위에 쌓인 먼지를 손끝으로 털어내고 비닐봉지를 뜯어 술을 담아주었다.

돌아와보니 사무실의 불은 꺼져 있었다. 유리창 안쪽으로 먹고 마신 것이 그대로 어질러진 테이블이 보였다. 나는 계단을 올라 이층으로 향했다. 닫힌 소피의 방 문고리에 술이 담긴 비닐봉지를 걸었다.

4

여자가 내 파우치를 뒤집어 쏟았다. 캐리어 깊숙이 넣어두었던 파우치를 꺼낸 것이 얼마 만인가 싶었다. 소피가 젤 아이라이너 뚜껑을 열어 손등에 줄을 그어보았고, 여자는 립스틱을 코밑에 댄 채 킁킁 냄새를 맡았다.

한국 화장품 엄청 인기 많아.

소피가 주머니에서 립 틴트를 꺼내 보여주었다. 에뛰드하우스의 스테디셀러로, 내가 중학생이던 시절부터 지금까지 한국 청소년에게 인기가 많은 저렴한 틴트였다. 작고 주름진 입술에 신중하게 틴트를 눌러 바르는 소피를 보다 웃음이 터졌다.

화장하고 놀러가야 해. 너는 너무 집에만 있어.

소피가 거듭 강조했다.

우리 세 사람은 사무실의 타일 바닥에 주저앉아 파우치를 가운데에 놓고 각자 손거울을 든 채 화장에 집중하기 시작했다. 탄야는 바닥에 놓인 화장품에는 관심을 두지 않으면서 내가 집어드는 것마다 곧장 빼앗으려고 손을 뻗었다. 나는 핑크색 립스틱을 꺼내 탄야의 입술에 발라주었고, 손끝에 묻혀 두 볼에도 문질렀다. 탄야가 휴대폰 카메라를 켜고 얼굴을 살펴보더니 만족스러운 듯 사진을 찍어댔다.

익숙지 않은 화장품 탓인지, 화장을 마친 여자와 소피의 얼굴은 요란하고 얼룩덜룩했다. 나는 면봉으로 여자의 뭉친 마스카라를 털어주고, 소피의 눈두덩에 뭉친 아이섀도 역시 덜어냈다. 눈가 주름의 계곡마다 화장품의 자잘한 펄이 끼어들었다.

여자의 남자친구에게 탄야를 맡기고 우리는 밖으로 나섰다. 여자가 주차장 구석에서 오토바이를 끌고 나왔다. 깡마르고 키가 작은 여자가 운전하기에 너무 큰 바이크였다.

셋이? 여기에?

내가 물었고, 여자와 소피는 대답할 가치가 없다는 듯이 바이크 위에 올라타 바싹 몸을 붙인 채 내 엉덩이가 놓일 자리를 만들어 보였다.

여자와 소피가 나를 데려간 곳은 소고기 국숫집이었다. 천장에 달린 거대한 실링팬이 실처럼 늘어진 먼짓덩어리와 함께 회전하고 있었다. 쿰쿰한 음식 냄새가 더운 공기에 실려 흘러 다녔고, 벽에 매달린 작은 텔레비전에서는 저녁 드라마가 한창이었다. 메뉴판에는 온통 태국어뿐이었다. 혼자라면 엄두를 못 냈을 식당이었다. 소피가 막 주방에서 나온 세 그릇의 국수를 나란히 늘어놓

고 빨간 고추와 고수, 액젓을 나누어 넣어주었다. 우리는 땀을 뻘
뻘 흘리며 국수를 먹었다.

클럽은 식당 맞은편이라고 했다. 식당 앞에 바이크를 그대로 세
워둔 채로 걸음을 옮겼다. 술집이나 식당도 그다지 눈에 띄지 않
는 조용한 거리였다. 어둠 속에서 요란한 네온사인이 홀로 빛났
다. 클럽 입구에 서 있던 가드는 소피를 보더니 곧장 몸을 비켜주
었다. 소피는 날씬한 다리를 쭉쭉 뻗어 익숙한 듯 계단을 내려갔
다. 밥을 얻어먹은 탓에 입장료를 계산하려고 가방을 뒤적이던 나
는 여자의 재촉에 뒤늦게 발걸음을 옮겼다. 클럽 안은 서늘했고,
온통 담배 연기로 매캐했다.

소피가 여자와 나를 한쪽 테이블에 앉혀놓고 맥주를 세 병 사서
돌아왔다. 우리는 맥주를 들고 병목을 서로 부딪쳐 건배했다. 클
럽 안에 있던 여자 몇이 소피를 발견하고 우리가 앉은 쪽으로 왔
다. 여자들은 소피처럼 늙었거나 혹은 조금 젊어 보였다. 짧은 청
바지나 치마를 입은 옷차림도 소피와 비슷했다. 아주 젊은 축도
있었지만 그들은 그룹을 지어 안쪽에 따로 자리잡고 있었다. 나이
든 여자들이 소피와 이야기를 나누며 나를 찬찬히 뜯어보았다. 손
을 내밀어 팔뚝이며 머리카락을 매만졌다.

예쁘다고 하는 거야.

소피가 웃으면서 말했다.

여자들은 담배를 나누어 물고 불을 붙이더니 서서히 스테이지

쪽으로 흩어졌다. 클럽 안에서는 나이든 태국 남자들과 젊은 서양 남자들이 뒤섞여 술을 마시고 있었다. 여자들은 그들 곁에 서서 말을 걸거나 술을 청했다.

여자와 소피가 잔을 비우라고 재촉했다. 그러고는 클럽 가운데로 나를 이끌었다. 소피는 머뭇거리는 내 허리에 양손을 올려 몸을 움직였다. 우리 곁으로 다가온 늙은 남자가 나를 뚫어져라 보는 것이 느껴졌다. 그는 내 귓전에 입을 갖다대고 무어라 말을 걸었다. 엉성하게 성조를 흉내낸 태국어였다. 내가 한참이나 알아듣지 못하자 그가 영어로 다시 질문했다.

어디에서 왔니? 태국 사람 아니니?

상황을 알아차린 소피는 얼굴에서 웃음기를 거두고 남자와 내 사이에 끼어들어 거리를 벌려놓았다.

다시 자리로 돌아왔을 때 한 무리의 남자들이 입구로 들어서는 것이 보였다. 클럽 안의 다른 이들과는 확연히 구분되는 차림과 외모에 언뜻 시선이 갔다. 익숙한 실루엣에 눈을 가늘게 뜨자 무리 중에 섞인 남자를 알아볼 수 있었다. 리틀 선샤인의 그 한국인 남자였다. 여자도 그를 알아보았는지 고개를 그쪽으로 둔 채 손만 뻗어 나를 툭툭 쳤다. 그 무리는 클럽의 가장 큰 테이블에 자리를 잡고 앉았다. 리틀 선샤인의 남자가 다른 사람들에게 뭐라고 말하자, 나머지 사람들이 주머니에서 지갑을 꺼내 그에게 돈을 건넸다. 남자가 조니워커 블랙을 두 병 주문했다. 테이블에 얼음과 음료, 술잔이 놓였다. 기껏해야 맥주 한 병씩을 들고 돌아다니는 손님들 사이에서 본격적인 세팅이 갖추어진 그 테이블은 시선을 끌었다. 근처에 앉은 젊은 여자들이 흘끗흘끗 눈길을 주는 것이 느껴졌다. 그 테이블의 다른 이들은 리틀 선샤인의 남자보다도 어려 보였다. 그들이 쭈뼛대는 사이 남자가 술을 섞어 돌렸다.

소피와 나, 여자는 나란히 앉은 채 그 테이블을 흥미롭게 지켜보았다. 남자는 어쩐지 거들먹거리는 자세로 소파에 몸을 깊게 묻고 앉아 떠들어댔고, 다른 이들은 클럽 안을 어색하게 두리번거렸다. 마침내 젊은 여자들이 하나둘 그들의 곁으로 다가갔다. 어린 남자들은 그때마다 리틀 선샤인의 남자를 바라보았다. 남자는 고개를 살짝 끄덕이거나 손을 한 번 휘젓는 식으로 지휘를 했다. 그에 따라 여자가 테이블에 앉거나 돌아갔다. 남자가 아직 파트너를 앉히지 못한 사람들을 향해 몸을 기울이고는 귓속말과 손짓으로 무언가를 지시했다.

쟤가.

여자가 입을 열었다.

쟤가 뭘 가르치나봐.

그러게.

내가 대답했다.

선생님이네.

내 말에 소피가 고개를 끄덕였다.

저런 걸 쓰면 되겠네. 네 소설.

소피가 덧붙였다.

나는 어렵지 않게 그의 블로그를 찾아냈다. 치앙마이, 밤 문화, 그리고 그날 다녀온 클럽의 이름과 클럽이 있던 거리의 주소를 조합해 검색하자 가장 상단에 그가 쓴 게시물이 떴다. 블로그는 치앙마이의 온갖 클럽이며 업소를 소개하는 게시물로 가득했다. 나는 전에도 그런 블로그를 본 적이 있었다. 방콕에 머물던 때였다. 그들은 성 관광을 목적으로 태국을 찾는 이들을 위해 가이드 역할을 하고 돈을 벌었다. 술집에서 바가지를 쓰지 않기 위해, 여자에게 높은 비용을 청구당하지 않기 위해, 또는 밤거리에서 위험에 휘말리지 않기 위해, 또 모두가 찾아갈 수 있는 그저 그런 업소가 아닌 숨겨진 로컬 업소에 찾아가기 위해 자신이 필요하다고 광고했다.

방콕에 비해서는 아직 경쟁자가 많지 않은 치앙마이에 자리를 잡은 것이 묘수였는지, 그의 사업은 나름대로 잘 굴러가고 있는 듯했다. 게시물마다 하룻밤 가이드 비용을 문의하는 댓글이 여러 개였다. 남자는 덕분에 즐거운 여행을 마치고 돌아간다는 손님의 메시지를 캡처한 후기 게시물도 여럿 작성해두었다. 나는 무엇보다도 그 성실함에 감탄할 뻔했다.

5

어느 저녁 샤워를 하던 중 팟, 하는 작은 소리와 함께 전등이 꺼졌다. 온수기 역시 작동을 멈췄고 곧 찬물이 쏟아졌다. 소름이 돋아나는 것을 느끼며 비눗기를 대충 씻어냈다. 수건으로 몸을 감고 나오자 좁은 방안도 온통 어둠에 잠겨 있었다. 에어컨이며 냉장고도 소음 없이 조용했다. 신중하게 젖은 발을 닦고 걸음을 옮겼다. 침대 위에서 휴대폰을 찾아내 플래시를 켰다. 샤워하기 전 벗어둔 원피스가 바닥에 구겨져 있었다. 나는 물이 뚝뚝 떨어지는 몸에 옷을 걸쳐 입고 복도로 나갔다. 건물뿐만 아니라 동네 전체가 정전이었다. 몇 블록 떨어진 거리의 불빛이 아득하게 느껴졌다.

에어컨도, 선풍기도 없이 맞은 첫 밤이었다. 나는 오랫동안 잠들지 못하고 뒤척였다. 침대에 닿은 피부가 시시각각 녹아내리는 듯했다. 미처 말리지 못한 머리카락에 다시 땀이 배어나 축축했다. 휴대폰을 켜보니 열한시를 좀 넘긴 시간이었다. 와이파이는 여전히 잡히지 않았다. 나는 자리에서 일어나 방문을 열어젖혔다. 바깥의 공기도 덥기는 마찬가지였으나, 얼굴을 내밀고 서 있으니 가만가만 바람이 불어와 땀이 조금 식었다. 같은 층에도 문이 열린 방이 여럿이었다. 옆방의 한국인 남자 역시 문을 열어둔 채였다. 희미한 노트북 불빛이 복도 쪽으로 흘러나오고 있었다. 나는 천천히 다시 침대로 돌아갔다.

정적과 어둠 속에서 익숙한 목소리가 아득하게 들려왔다. 아래층의 소피와 탄야였다. 탄야는 잠투정을 하느라 이따금 짜증스럽게 칭얼댔고, 소피는 노랫가락에 탄야의 이름을 넣어 자장가를 불렀다. 언젠가 여자에게 탄야의 이름이 무슨 뜻이냐고 물은 적이 있었다. 럭키라고 했던가 해피라고 했던가. 맥빠지는 대답이었지만, 여자와 내가 평소 사용하는 영어의 수준을 떠올려보면 그보다 복잡한 뜻은 전달되기 힘들었을 것이다.

소피는 작은 목소리로 중얼거렸다.

아이 러브 유.

탄야가 어린 목소리로 따라 했다.

아이 미스 유.

소피가 다시 말하고 탄야가 따라 했다.

아이 니드 유.

소피가 말하고 탄야가 따라 했다. 둘은 다시 아이 러브 유, 로 돌아갔다. 문장 연습은 한참이나 계속되었다.

나는 그들의 목소리를 들으며 더운물에 잠긴 듯 무거운 잠 속으로 서서히 빠져들었다.

알레르기

지난여름 댄과 수주는 발가벗고 지냈다. 그들의 오래된 빌라에 달려 있던 누런 벽걸이 에어컨이 둘의 먼지 알레르기를 유발했다. 돌아가며 눈두덩이 붓고 콧물이 흘렀다. 여러 종류의 세제를 사들여 필터를 청소해보았지만 소용이 없었다. 맑은 날엔 종일 창을 열어둔 채 가동해보기도 했다. 완전히 포기한 건 장마철 무렵이었다. 둘은 수시로 욕실에서 찬물을 끼얹고 나와 진득한 공기 속을 걸어다녔다. 맨몸으로 선풍기 바람을 맞으며 영화를 보고, 책을 읽고, 저녁을 만들었다. 함께 땀을 흘리며 누워 있을 때면 댄은 어눌한 한국말로 "우리가 아기 낳으면 슈퍼 알러지 태어날 거야. 인간 아니야" 중얼댔다. 그사이 댄이 오랫동안 앓아오던 사타구니 습진이 나았고 수주의 만성위염이 완화되었다. 수주는 벌거벗음이 주는 해방감에 진심으로 탄복해서 그것에 대해 써보려고 끙끙대기도 했다.

그리고 또 무엇이 있었나. 집 앞에 아이스크림 가게가 생긴 이후론 매일 저녁 둘이서 산책을 나갔다. 과일과 견과류를 듬뿍 갈아 넣어 만드는 아이스크림 가게였다. 이 킬로미터쯤 떨어져 있던 번화가는 이쪽으로 물꼬를 트자마자 순식간에 번져와 세련된 밥집이며 카페가 몇 개나 새로 개업한 참이었다. 그들은 서울의 젠트리피케이션에 대해 떠들어대면서도 슬그머니 그 축복을 받아들였다. 푸드 마일리지에 대한 논의 역시 아이스크림을 먹을 때만은 예외였다. 태국산 스타프루트는 상쾌했고 일본산 말차는 묵직한 단맛이었으므로 번갈아 먹기 좋았다. 댄은 그것 앞에서만 유독 식탐을 부렸다. 권하는 법도 없이 먼저 숟가락을 든 댄을 볼 때면 수주는 욕을 하고 싶은 충동을 느꼈고, 때로 실행했다.

"야. 돼지 새끼야."

댄은 혓바닥을 내밀고 히죽거렸다. 한번 웃기 시작하면 잘 멈추지 않았다. 수주는 당분으로 번들번들해진 댄의 입술이며 턱을 혐오 어린 눈으로 노려보다 결국에는 항복하듯 실소를 터뜨렸다. 내키면 그대로 소파로 뛰어들어 댄의 숟가락을 빼앗아 핥았다. 그게 곧잘 섹스가 됐다. 어쨌거나 발가벗고 있었으니까. 찬바람이 불기 시작한 뒤에도 옷을 입는 것보단 보일러 가동이 먼저였다.

그런 여름이 다시 올까? 수주는 스웨트 셔츠를 입고 몸을 웅크린 댄을 노려보았다. 옷 속에 감춰진 익숙한 몸을 투시하듯이. 여전히 산책을 하고, 아이스크림을 먹고, 섹스를 하지만 더는 그것이 잘 찍은 원 테이크 신처럼 부드럽고 나른하게 흘러가지는 않았다. 단절되고 나서야 거기 어떤 고리가 있었음을 알게 되는 것. 그 고리가 무엇이었는지 골몰하게 되는 것. 한 시절이 끝났다는 예감은 이상하리만치 담담했고 그러나 동시에 단호했다.

댄의 노트북에서는 영상이 재생되고 있었다. 고정장치 없이 촬영한 탓에 위아래로 거칠게 요동치는 영상이었다. 댄은 수주에게 집중을 요구했지만 뚫어지게 보고 있자면 멀미가 났다. 수주는 고개를 노트북에 고정한 채 신경을 분산하는 요령을 개발했다. 눈을 가늘게 뜨고…… 계속해서 다른 생각을……

"무슨 얘기를 하는 거야?"

댄이 재촉했다. 영상 속에서 댄은 검은 패딩을 입은 남자애들을 따라가고 있었다. 댄은 얼마만큼 한국말을 알아들을 수 있었지만 수많은 사람이 동시에 외치는 구호의 의미나 깃발에 적힌 고유명사를 이해할 정도는 아니었다. 한 시간쯤 '민족고대' 깃발을 따라 걷고도 수주가 알려주기 전까진 모르는 식이었다. 검은 패딩의 남자애들은 어떤 여자들에 대해 이야기하고 있었다. 수주는 영상을 삼십 초 앞으로 돌려 귀를 기울인 끝에 '블랙핑크'라는 단어를 찾아냈다.

"아이돌 이야기를 하는 거야."

댄은 발로 바닥을 가볍게 두드리면서 스크립트에 그걸 기록했다. "무슨 아이돌?" 물어서 "새로 데뷔한 아이돌" 하고 대답한 뒤 수주는 그들의 이름을 검색해 대략적인 콘셉트를 알려주었다.

촛불을 들고 걸어가며 케이팝 이야기에 열중하는 젊은이들. 댄은 그것에 흥미를 느끼고 뭔가를 만들어볼 수도 있었다. 아니면 다른 대부분의 영상들과 함께 영영 클라우드 속에 처박아둘 수도 있었다. 수주는 댄의 머릿속에서 무언가가 일어나고 그것이 작업물로 정리되는 프로세스를 이해해보려고 했다. 아이돌 음악이라든지 삐삐 마른 여자들의 영상을 마구잡이로 섞어 재치 있고 짧은 클립을 만들지도 모른다. 아니다. 그것은 후지다. 그러나 댄이 얼마 전 맞불 집회를 촬영해 만든 클립은? 그는 아스팔트 위에 아이처럼 주저앉아 머리에 두른 성조기로 눈물을 닦아내는 아주머니, 할아버지가 신은 노스페이스 패딩 신발—그것은 뚱뚱하고 시꺼먼 애벌레처럼 보였다—, 아기와 함께 집회에 참가한 젊은 부부가 유아차를 놓쳐버려 그것이 삼 미터쯤 쭉 미끄러지고 엄마가 아연실색 뛰어가는 장면 따위를 아주 짧게 이어붙였다. 배경에는 누군가 아버지, 울부짖는 소리를 리믹스해 깔았다. 결과적으로 그건 아주 볼품없고 김빠지는 지옥처럼 보였다. 그의 인스타그램 팔로어들은 하트를 삼천 개쯤 던졌고 곧 영상은 몇몇 한국 커뮤니티로 퍼졌다. '미국인 교환학생이 본 태극기 집회' 같은 제목을 달고. 그뒤론 팔로어가 또 몇천 명 늘었다. 댄은 집회에 대한 그 작업을 통틀어 'K-적 모멘트'라고 불렀다.

사실 댄이 처음부터 집회에 흥미를 보인 것은 아니었다. 그즈음 해서 미국이 대선을 치렀으므로 그의 관심은 온통 거기 쏠려 있었다. 댄은 선거 결과를 받아들이지 못했다. 미국 곳곳에서 열린 당선 무효 시위에 대한 소식을 열렬히 찾아보다가 무기력하게 짜증을 내는 일을 한동안 반복했다. 해가 바뀌고 취임식이 치러진 뒤에야 그는 조금씩 그런 상태를 빠져나왔다. 이상하게 달떠선 광화문으로 쏘다니기 시작한 것도 그때부터였다.

얼마 전엔 뉴스를 보다 "나는 참여했어" 선언하듯 말하기도 했다. 그 말이 어떤 함의를 가진 것처럼 느껴졌던 건 단순히 댄의 한국어 실력 때문인지도 몰랐다. 주어 '나'에 붙은 조사 '는'은 누군가를 배제하기 위해 강조된 것처럼 들렸다. 수주는 그 순간을 두고두고 떠올렸다. 나는 참여할 수가 없잖아, 너도 알잖아, 말하지 않은 게 못내 억울했다.

댄은 노트북 쪽으로 몸을 기울인 채 영상을 조각내는 일에 집중했다. 그를 오래 지켜보던 수주는 문득 피로를 느꼈다. 그녀는 자리에서 일어나 머그컵 가득 와인을 따랐다. 싸구려 로제였다. 머그컵은 지저분했고 핑크색 액체 위로 부유물이 떠올랐다. 싱크대엔 사용한 그릇과 피자 박스들이 겹겹이 쌓여 있었다. 수주는 그걸 못 본 척했다.

"또?"

댄이 소리쳤다.

"한 잔만 마실 거야."

수주가 항변했다.

하지만 그즈음 수주는 매일 한 병씩 와인을 비우고 있었다. 출근을 할 때면 토트백에 빈병을 몰래 숨겨 나가기도 했다. 그런 알량한 눈속임이 통할 리 없다는 걸 알면서도, 그것 말고 또 무엇을 할 수 있나 싶어 반복하는 짓이었다. 댄은 컵을 들고 이리저리 서성이는 수주를 지긋이 바라보는 것으로 항의의 표시를 이어갔다.

"뭔 상관이야."

수주는 그렇게 말하면 안 된다고 생각하면서 계속 말했다.

"뭔 상관이야. 너는 나를 떠날 거지."

수주가 새된 소리를 냈다. 댄이 웃기 시작했다. 아주 웃겨 죽겠다는 듯이. 침을 흘리며. 수주가 징그러운 웃음소리를 남겨놓고 먼저 침실로 들어갔다.

*

수주는 하루에도 몇 번씩 누군가 자신의 정강이를 걷어차는 것 같다고 느꼈다. 왜 그렇게 잘 걷고 있는 거야? 그녀를 걷어찬 발에 입이 있다면 그렇게 말했을 것이다. 드러그스토어에 들어가 향수를 뿌려보다가도, 문득 볕이 좋다고 생각하다가도, 지하철역의 에

스컬레이터에서 내려서다가도, 멍하니 광고판을 바라볼 때도. 수주는 재빨리 수치심을 삼키는 일에 점점 더 익숙해졌다.

두 달 전 그녀는 동생을 잃었다. 수주는 일을 하던 중에 그 연락을 받았다. 먼저 아버지에게서 전화가 왔는데 받지 못했고 다시 걸었을 땐 연결이 되지 않았다. 다음엔 삼촌에게서 전화가 왔다. 삼촌과 통화를 하는 건 아마 아주 오랜만이거나 어쩌면 처음이어서, 수주는 어색한 웃음을 섞어 무슨 일이냐 물었다. 삼촌은 동생에게 일이 좀 생겼으니 우선 빨리 와야겠다고 했다. 수주는 얼어붙어선 다시 가족들에게 전화를 걸어볼 엄두를 내지 못하고 집으로 돌아왔다. 며칠 전 밤에 동생이 연락해왔던 일이 떠올랐다. 수주는 그때 휴대폰 너머로 댄의 기척이 흘러가진 않을까 해서 텔레비전 옆에 선 채 통화 버튼을 눌렀다. 리모컨을 찾아 들고 음량도 조금 높였다. 짧은 안부가 오고간 뒤, 수주는 "내일 출근하지 않니. 일찍 자" 말하며 건너편의 어떤 망설임을 묵살했다.

댄은 헬스장에 있다가 집으로 달려왔다. 수주는 배낭을 들고 옷장 앞에 서 있었는데 좀처럼 짐을 챙기지 못했다. 꽃무늬 원피스를 넣었다가 뺐고, 야구모자를 넣었다가 뺐다. 댄이 수주를 침대에 앉혀놓고 품이 큰 맨투맨 티셔츠와 청바지, 그리고 속옷을 챙겨 가방에 넣어주었다. 수주는 넋이 나간 표정으로 댄이 하는 일을 보고 있다가 "양말, 양말" 하고 웅얼거렸다. 댄이 옷장에서 흰색 캐릭터 양말을 꺼냈을 때야 수주는 울음을 터뜨렸다.

"검은 양말을 가져가야 할 것 같아."

댄이 몇 번이고 같이 가겠다고 했지만, 수주는 고개를 저었다. 생각이 좀체 이어지지 않았고 머릿속에서는 계속 삐― 하고 경고음 같은 것이 울렸다. 그럼에도 댄과 함께 가면 상황이 더 복잡해지리라는 것은 어렵지 않게 알 수 있었다. 어쨌거나 그는 수주보다 여덟 살 어린 서양인 남자였다.

신정을 낀 주말이었다. 기차역은 새해를 맞아 여행을 온 외국인 관광객들과 짧은 휴일을 가족과 보내려는 이들로 북적였다. 곧장 탈 수 있는 기차는 없었다. 입석은 가능했지만 댄이 그녀를 말렸다. 한 시간쯤 후에 출발하는 차편을 선택하고 나서 댄은 잠깐 저기에 가자, 하며 손을 들었다. 기차역사에 붙은 백화점이었다. 댄은 축 늘어진 수주의 귓가에 소곤거렸다.

"팬티를 사야 해."

댄이 어정쩡하게 다리를 벌리고 서서 말했다. 급히 샤워를 하고 나오느라 운동복 바지 안에 속옷을 입지 않았다고 했다. 둘은 캘빈클라인 할인 매대에 서서 속옷을 골랐다. 백화점은 환했고, 수주는 댄을 대신해서 속옷 사이즈며 색깔에 대해 몇 가지 질문을 해야 했다.

"아직 무슨 일인지 너는 모르는 거야. 생각하지 마. 집에 가는 데는 시간이 걸리지."

댄은 저녁으로 햄버거를 골랐다. 수주는 아기처럼 앉아서 댄이 손에 쥐여주는 것을 먹었다. 씹다가 입 앞에 빨대가 다가오면 콜라를 빨아들였다. 어떻게 그럴 수가 있었을까! 댄은 자신의 교환학생 프로그램이 끝나면 같이 미국에 가자고 제안했다. 그의 아버지는 캘리포니아에, 어머니는 아이오와에 있었다. 댄은 영어와 한국말을 아무렇게나 뒤섞어가며, 캘리포니아의 히피들과 아이오와의 시골길에 대해 설명하기 시작했다.

"구글 지도는 아무 소용도 없어. 제대로 길이 표시되질 않거든. 동네 사람들은 출발하기 전에 종이랑 펜을 꺼내와서 지도를 그려. 젊은 애들은 머리가 좀 크면 휴대폰을 신봉하기 시작하고 부모들은 무시하고, 그런 일이 계속 반복돼. 그래도 아직까진 부모들이 이기는 동네야."

수주는 댄의 이야기를 한 박자 늦게 따라갔다. 댄과 미국에 갈 수 있으리라곤 생각해보지 못했다. 가더라도 아주 먼 미래의 일일 것이라고 짐작했다. 그런데 정말 간다면. 수주는 영화와 시리즈물과 소설 속에서 본 미국의 이미지를 산발적으로 떠올렸고, 조금 즐거워지고 말았다. 수주는 앞에 앉은 댄을 새삼 바라봤다. 밝은 갈색의 머리카락과 더 밝은 갈색의 눈동자. 갑자기 그가 아주 낯선 사람처럼 보였다. 그와 함께 당장이라도 떠나버리고 싶었다.

수주는 이따금 그 시간을 되새겼고 그건 또다른 수치심을 불러일으켰다. 그러나 한편 그 짧은 쇼핑과 식사가 일종의 마취제였음을, 그 덕분에 집으로 가는 기차 안에서의 긴 시간을 버틸 수 있었음을 인정해야 했다.

수주는 댄을 학교 앞의 낡은 바에서 처음 만났다. 수주의 학부 시절 동아리 선배가 만든 자리였다. 수주는 자신이 대학원에 진학한 것은 순전히 그즈음 영화 동아리의 분위기가 어쩐 일인지 지나치게 진지했기 때문이라고 여겼다. 그러나 선배들 탓을 할 수 있는 건 누군가의 옥탑방 외벽에 빔 프로젝터를 쏴가며 영화를 보던 그 시절로 끝이었다. 수주는 겨우 석사과정을 수료했지만 논문을 쓰지도, 다음 계획을 세우지도 못한 채 시간을 흘려보냈다. 그 선배 역시 영화로 유명한 타대학원으로 진학해 평론을 전공했는데, 공모전 심사평에 한두 번 이름을 올린 후론 소식이 한참 뜸했다.

LP판이 한쪽 벽면을 가득 채운 전형적인 90년대식 바였다. 다만 거의 관리가 되지 않아서 병맥주가 든 냉장고엔 두껍고 끈적한 먼지 막이 씌워져 있었고 베이지색이었을 소파는 무늬를 알아보기 힘들게 얼룩덜룩했다. 사장은 바에 잘 나오지 않았다. 그런 엉망진창의 분위기를 좋아하는 학생들이 찾아와 알아서 음악을 틀고 술을 마시고 돈을 냈다. 무엇보다 고양이. 스무 마리쯤 되는 고양이가 바 안을 아무렇게나 돌아다녔다. 사장이 거둬들인 길고양이들로, 수주가 그곳을 종종 찾던 학부 시절만 해도 겨우 네다섯 마리밖에 되지 않았었다. 근친교배를 했을까. 비슷한 치즈색 무늬 고양이들을 보고 있자니 역겨웠다. 댄은 고양이들 사이에서 콧물을 흘리며 앉아 있었다. 테이블 위에는 이미 쓴 휴지 뭉치가 가득했다. 수주는 파우치에서 지르텍을 꺼내 건넸고, 댄은 그 작은 태블릿을 반으로 부러뜨려 먹었다. 테이블 위에 놓아둔 나머지 반쪽은 수주가 삼켰다.

서로 인스타그램을 통해 알게 되었다고 해서 수주는 이 선배가 그렇게까지 외로웠나 싶었다. 모교에 교환학생으로 온 아이랑 번개를 할 만큼? 선배는 댄의 작업 계정을 보여주었다. 오래전부터 팔로우해왔다고 했다. 댄이 마지막으로 한 작업은 폴 댄스에 관한 것이었다. 그는 맨살이 폴과 맞닿는 장면을 아주 근접해서 촬영했다. 폴을 잡은 팔 안쪽의 연한 살이 밀려 올라가 층층이 겹을 만들다가 떨어지는 순간 탁 긴장감을 놓게 하는, 알 수 없는 쾌감이 있는 영상물이었다. 댄은 첫 촬영을 하는 동안 그 작업에서 중요한 건 이미지보다 음향이라는 것을 알아냈다고 했다. 처음에는 맨살과 금속이 강하게 마찰하며 소름 끼치는 소리를 냈지만 촬영이 이어지며 피사체에 땀이 났고, 소리가 점점 부드러워졌다. 댄은 이것이 큰 프로젝트가 될 것이며 어쩌면 인스타그램 말고 다른 플랫폼이 필요할지도 모른다고 생각했다. 그러나 아직은 그 작업이 뭘 의미하는지 스스로도 정확히 알지 못했다. 수주는 그가 지적이기보단 감각적인 타입의 작업자라고 생각했는데, 선배는 좀 지나치다 싶게 그를 치켜세웠다. 한국 나이로 스물한 살인 댄이 얼마나 추진력 있게 작업을 해내는지 거듭 감탄하며 그 짧은 클립들을 계속 돌려보았다.

댄과 선배는 곧 폴 댄스 작업에 적합한 피사체에 대해 논의하기 시작했다. 너무 풍만하다면 노골적인 인상을 줄 수도 있어, 선배가 말했고 하지만 또 너무 마른 댄서는 아무 냄새도 나지 않을 것처럼 보인다고 댄이 말했다. 그동안 수주는 서서히 가라앉는 댄의 얼굴을 재미있다는 듯 보고 있었다. 한 시간 만에 부기가 모두 빠져서 잘생긴 얼굴이 드러났다.

수주는 댄이 머물던 빌라로 이사해 함께 살기 시작했다. 다른 교환학생들이 떠나면서 물려준 곳이었다. 사귄 지 한 달쯤 지난 때였다. 왜 그렇게도 모든 게 쉬웠는지, 수주는 당시의 자기를 믿을 수가 없었다. 그뒤로 너무 많은 일이 일어났다. 수주 안에 있던 무엇, 그러니까 낯선 남자에게 관심을 갖게 하고, 잘 만든 영화를 보면 며칠간은 그 자장에 들어 있다고 느끼게 하는 왕성한 무언가가 완전히 죽어버린 것 같았다.

수주는 여의도역에 내려 학원까지 걸었다. 퇴근시간이었으므로 역 쪽으로 향하는 인파를 거슬러 나아가야 했다. 이제 막 회사에서 빠져나온 사람들의 얼굴엔 피로와 옅은 해방감, 추위를 피하려는 조급함이 뒤섞여 있었고 그것이 그녀를 일찌감치 지치게 했다.

수주는 학원에서 독서와 논술을 가르쳤다. 칠판 앞에 서 있거나 학부모 상담을 할 때 그녀는 자꾸만 자신의 것이 아닌 높고 가

파른 목소리를 냈다. 아이들은 쉬는 시간이면 뛰쳐나가 컵라면이며 핫바를 사 먹고, 아이스크림을 빨며 돌아다니고, 어디엔가 숨어 끽연을 하고 돌아와 손을 닦았다. 먹고 뛰며 만들어내는 모든 에너지가 폭발하듯 그애들의 몸을 키웠다. 돌아서면 불쑥 키가 자라 있었고 피지선이 부풀어올라 이마에선 여드름이 터졌다. 남자 아이들은 목소리가 갈라지고 말이 줄어 의뭉스러운 분위기를 풍겼다. 옆에 세워두고 한참이나 첨삭을 하다가 고개를 들면 아이는 수주의 가슴께를 노려보고 있었다.

다섯 시간을 일하고 집으로 돌아갈 때면 그녀는 늘 녹초가 되었다. 그리고 댄이 보고 싶었다. 오늘은 뭔가 다정한 말을 할 것이다, 그녀는 텅 빈 눈으로 지하철에 앉아 결심했다.

*

"오랜만에 엄마한테 전화를 해야겠어."

그날 밤 댄이 말할 때까지만 해도 모든 게 좋았다. 수주는 아이를 달래듯 착하다, 하고 그의 엉덩이를 두드려주었다. 댄의 어머니는 전화를 받자마자 수주의 상실에 대해 또 한번 위로의 말을 건넸다. 수주는 힘이 약간 나서 책을 덮어두고 자리에서 일어났다. 냉동실에 들어 있던 호주산 와규를 해동시켰고, 양파와 파프리카를 찾아내 무른 부분을 도려냈다. 요리를 하기 위해선 우선

기름 더께가 앉은 프라이팬을 닦아야 했다.

 댄은 휴대폰을 들고 거실과 안방을 이리저리 오갔다. 그는 수주와 영어로 대화를 나눌 때와는 달리 아주 긴 문장을 빠르게 발음했다. 때문에 수주는 그가 무슨 이야기를 하는지 온전히 알아들을 수 없었다. 다만 그들의 새로운 대통령 이름이 여러 번 들렸고 곧 댄의 목소리가 커졌다. 그녀는 올리브유를 둘러 달군 팬에 주사위 모양으로 두껍게 썬 와규 조각들을 익히고 있었다. 여섯 면을 고루 익히기 위해선 꽤나 집중력이 필요했는데, 댄이 정신을 흐리는 통에 좀처럼 쉽지 않았다. 팬 구석에 놓여 있던 소고기가 까맣게 탄 바닥을 드러냈다.

 댄의 외조부모는 콜롬비아에서 미국으로 건너갔다 했다. 그러므로 그의 어머니는 일백 퍼센트, 댄은 오십 퍼센트 콜롬비안이었다. 수주는 그 핏줄에서 이어진 일련의 가족 서사―외조부모가 아파트 관리인과 거리 청소부로 일하며 시민권을 따낸 것, 스무 살 무렵의 엄마 아빠가 불장난을 하다가 댄을 가진 것, 댄이 세 살이 되었을 무렵 아빠가 떠나버렸고 그는 자라는 내내 스페인 억양이 강한 어머니를 부끄러워했다는 것, 학교 안에선 늘 히스패닉들과 어울렸으며, 그래서 외톨이는 아니었지만 늘 조금은 자신을 아웃사이더로 여길 수밖에 없었다는 것을 알고 있었다. 그러니 댄이 몇 달 전 그날 대단히 충격을 받고 울음을 터뜨렸던 것을 수주는 이해했다.

사실 그들의 새로운 대통령은 수주에겐 애니메이션에 나오는 악당 같은 존재였다. 과장된 표정과 손짓으로 아주 단순하며 나쁜 말을 전하는 사람. 그래서 결국엔 그다지 위협적으로 느껴지지 않는 존재. 말하자면, 〈심슨네 가족들〉에 나오는 번스 사장처럼 텔레비전 속에 들어 있고 노트북 속에 들어 있는 이미지. 일이 이렇게까지 되었으니 수주도 더이상 그토록 안일하게만 생각할 수는 없었으나, 안다는 것은 정말로 이해한다는 것과는 한참 달랐다. 댄이 긴 얘기 끝에 늘 "너는 근데 잘 모르지" 하고 힘 빠지는 대사를 덧붙였던 것처럼.

댄은 이제 안방 침대에 앉아서 한국 생활에 대해 불평하기 시작했다. "여기도 미친 나라야" 어쩌고저쩌고 떠들더니, 공기가 너무 나빠 알레르기는 심해지고 자기는 천식에 걸렸다고, 멍청한 어린애들처럼 흡입기를 써야 할지도 모른다고 했다. 그건 거짓말이었다. 댄은 기침을 좀 하긴 했지만 일반적인 정도였다. 수주가 아는 한 천식 진단을 받은 적도 없었다. 곧 방문이 닫혔고, 안쪽에서는 계속 칭얼거림이 들려왔다.

수주는 소스를 넣어 볶아낸 스테이크를 그릇에 담아 테이블 위에 올려두었다. 전화를 끊고 나서도 댄은 한동안 안방에서 나오지 않았다. 수주도 그를 부르거나 들여다보지 않았다. 좁은 거실에 연기가 자욱해서 그녀는 가스레인지 위에 난 쪽창을 열고 카디건을 껴입었다. 오늘밤은 그냥 지내야지, 다짐했지만 결국 찬장에서 술을 꺼내와 마시기 시작했다. 수주는 더이상 와인에서 맛도, 향도 느끼지 않았다. 그저 그것을 꿀꺽꿀꺽 삼키는 행위만이 남아 있었다. 창으로 들어온 찬 공기가 집안을 휘감았고 촙스테이크는 금방 식었다. 신경써서 구웠던 고깃조각들이 그릇 위로 잘박하게 육즙을 뱉어냈다. 그녀는 고기와 노란색 파프리카를 집어 입에 넣고 씹었다. 고기는 질겼고, 식어버린 탓에 인스턴트 소스 특유의 거친 맛이 그대로 드러났다.

댄은 한참 만에 거실로 나와서는 부스스 뒷머리를 문지르며 그릇에 시리얼을 덜었다. 그러곤 컴퓨터 앞에 앉아 슈팅 게임을 하기 시작했다. 댄의 캐릭터가 올라탄 트럭은 전장으로 달려가다 자꾸만 나무에 부딪쳤다. 스피커에서 커다랗게 파열음이 울렸다. 수주는 그때마다 놀라선 눈꺼풀을 떨었다. 게임이 몇 번이나 끝나고 다시 시작되도록 댄은 수주 쪽으로 고개를 돌리지 않았다.

수주는 모든 게 지긋지긋하다고 생각했다. 두 사람이 세탁기에 던져 넣은 빨랫감은 이제 봉긋하게 솟아올라 산을 만들고 있었고, 욕실에 걸린 커다란 수건에서는 짙은 땀냄새가 났다. 바닥은 온통 버석버석했으며 빈 탄산수 병과 택배 박스가 집안 곳곳에 널려 있었다.

"야. 시끄럽다고."

수주가 소리쳤다. 댄이 문득 마우스를 클릭하던 손을 멈췄다. 그러곤 자리에서 일어나 테이블로 다가왔다.

"너 냄새가 너무 나빠. 술냄새가 나."

댄이 수주를 보며 말했다. 수주는 몸을 일으켜 댄에게서 먼 쪽으로 옮겨 앉았다. 애초에 댄과 이런 식으로, 서로에게 마구 말하는 습관은 들이지 않았어야 했다고 생각했다. 댄이 계속 한국어를 배우고 있었고, 자주 수주를 따라 말하기도 했으므로 이렇게 나쁜 말을 듣게 되는 건 모두 수주 자신의 탓인지도 몰랐다.

"너한테서도 이상한 냄새 나. 저리 가."

수주는 한참 만에 대꾸했다. 댄이 손을 뻗어 수주를 끌어안았다. 수주가 천천히 울기 시작했다.

장례식 날 수주는 혼자 상복을 입었다. 짧게 치러진 장례였다. 대부분 부모의 지인으로 이뤄진 조문객들은, 너무 울어 아무것도 남지 않은 젊은 상주의 눈빛에 한 번, 사진 속 그보다 더 젊은 얼굴에 또 한번 입술을 깨물었다. 종일 절을 한 탓에 수주는 제대로 서 있지도 못했다. 그들 자매를 모두 아는 어릴 적 친구들이 부고를 듣고 달려온 건 발인 날 새벽이 다 되어서였다. 혼자서 향로를 지키던 수주는 그제야 방으로 들어갔다. 친구들이 수주를 달래 눕히고 담요를 가져와 발을 덮어주었다. 수주는 그러면 안 된다고 생각하면서도 하는 수 없이 기절하듯 잠이 들었다.

요의에 짧은 잠에서 깨어난 건 동이 튼 후였다. 장례 내내 실신과 통곡을 반복하던 수주의 부모와 몇몇 친척들이 홀에 앉아 있었다. 수주는 귀신처럼 느릿느릿 화장실로 향했다. 그리고 멀리 계단참에 누군가 앉아 있는 걸 보았다. 그건 댄처럼 보였다. 수주가 그쪽으로 다가간 순간 남자는 일어나서 지상으로 올라가버렸다. 아주 빠른 동작이었다. 수주는 제자리에 잠시 서 있다가 화장실로 들어갔다. 소변을 보고 손을 씻는 사이 잠이 조금 깼다. 그녀가 화장실에서 나와 계단을 올랐다. 아버지와 삼촌들이 재떨이를 둘러싸고 서서 담배를 피우고 있었다. 남자의 모습은 보이지 않았다.

수주가 일주일간 가족들과 시간을 보내고 집으로 돌아왔을 때, 댄은 그 일을 언급하지 않았다. 확신이 없던 수주 역시 한동안 의문에 대해 함구했다. 어느 날 같이 긴 산책을 하고 돌아오는 길에 댄은 문득 생각난 듯 축제, 라고 중얼거렸다.

"한국의 장례식은 축제지?"

"아니."

"그런 영화를 봤는데."

그가 얘기하는 것은 임권택의 영화였다. 미국에서 한국 문화에 대한 수업을 들을 때 본 적이 있다고, 댄은 말했다.

"거기선 팔십 넘은 할머니가 죽잖아. 그리고 그건 옛날식 장례식이야. 시골에서 하는 것."

댄은 아무 말도 하지 않았다.

"너도 보지 않았어? 진짜 장례식?"

수주가 말하면서 댄을 빤히 봤다. 댄이 비실, 웃음을 흘렸다.

"와서 보지 않았어? 도둑처럼?"

수주가 심문하듯 얼굴을 들이밀고 물었고 댄이 깔깔거리며 길 저쪽으로 도망쳤다.

*

수주는 오랜만에 부모님 집에서 주말을 보내고 돌아왔다. 자살 유족 모임에 참석하기 위해서였다. 수주의 엄마는 주변 사람들로부터 거기 나가보라는 조언을 들었다 했다. 반드시 가족 모두가 참여해야 하므로, 수주도 함께 가야 한다고 덧붙였다. 가고 싶다거나 가보는 게 좋겠다거나, 여하간 자기 의견은 조금도 말하지 않고 계속 '가보라 하더라'는 식이었다. 수주는 엄마의 부탁을 거절하지 못했다.

시 보건소에서 매주 운영하는 프로그램이었다. 거창한 모임 이름 때문인지 사람들이 꽤 많이 모이진 않을까 했으나 수주네를 포함해 세 가족이 전부였다. 늦은 시간이어서 보건소 건물은 최소한의 불만을 밝히고 있었고, 그래서 어딘가 비밀 모임 같은 느낌이 들었다. 수주네가 도착했을 때는 이미 1부 프로그램이 진행중이었다. 스태프가 와서 종이를 나눠주었다. 발표하거나 누구에게 보이는 것은 아니니 편하게 편지를 쓰면 된다 했다. 먼저 와 있던 사람들은 사각사각 연필 소리를 내거나 조용히 눈물을 닦아가며 집중하고 있었다. 수주는 구석에 앉아서 머뭇머뭇 뭔가를 적는 부모의 등을 힐끔거렸다. 써야 한다고 생각하자 동생과 둘이 밤바다에 누워보았던 일이 떠올랐다. 열여섯이었나. 가족여행을 갔을 때였다. 파도가 그린 물자국에 발끝을 맞대고 눕자 바다 위를 떠다니고 있다는 착각이 들었다. 파도 소리와 어두운 하늘에 집중할수록 착각 속에 더 깊게 빠져들 수 있었다. 그러나 동생이 자꾸 어깨를 만지며 언니, 언니, 하고 불렀다. 그런 이야기를 써볼까. 왜 그랬냐고 물어볼까. 수주는 아득해져서 침을 삼켰다.

먼저 동생의 이름을 부른다, 그리고 그에게 하고 싶은 말을 쓴다. 그 이인칭의 글쓰기는 수주에겐 불가능한 것처럼 보였다. 수주는 대신 한참 만에 겨우 이렇게 썼다.

부채감. 소화될 수 없음. 소화되지 않는 것을 소화되지 않는 채로 남겨두는 것.

그러고는 그 종이를 접어 주머니에 넣었다.

다음은 어딘가에서 자주 보았던 대로, 둥글게 의자를 놓고 앉아 이야기를 하는 시간이었다. 거기서도 수주네 가족은 잘 적응하지 못했다. 사람들은 이미 서로들 사정을 잘 알고 있는지 거리낌없이 말을 주고받았다. 누가 권하지 않아도 자리에서 일어나 크리넥스를 집어왔다. 죽은 가족이 보고 싶다는 것이 첫번째 주제였다면 두번째 주제는 주변 사람들의 몰이해에 대한 것이었다. 한참 뒤에 상담사가 수주 엄마를 지목했다. 수주의 엄마는 거의 한마디도 마치지 못하고 목이 멨다. 아빠가 배턴을 이어받았다. 그는 수주의 동생이 죽은 건 약 때문이라고 말했다. 장복하던 우울증 약을 끊었기 때문에 그런 반작용이 일어난 것이라고. 고등학교 때부터 약을 처방했던 의사가 '마음대로 약을 끊지 말았어야 했다'고 한 게 그 근거라 했다. 발언이 이어질수록 아빠가 주장하고 싶은 것이 뭔지 분명해졌다. 자기 딸의 죽음은 사실 자살이 아니라는 것. 상담사는 아주 부드럽게 그 이야기를 받아쳤지만, 수주가 보기에 나머지 가족들은 이미 상처를 받은 것 같았다.

그날 저녁에 수주는 가족들과 술을 마셨다. 엄마가 오징어를 맵게 볶았다. 그들은 그 일이 일어나지 않은 것처럼 일상적인 대화를 나눴다. 그러나 대화가 잠시 끊길 때 스미는 침묵을 숨기지는 않았다. 그런 맨얼굴이 수주는 편했다. 오랜만에 자신의 방에서 긴 잠을 잤다.

서울로 올라오는 길에 수주는 댄의 인스타그램에 업데이트된 클립을 보았다. 서울에는 다 늦게 눈이 오는 모양이었다. 그들의 안방에 난 창으로 보이는 풍경이 영상 속에 담겨 있었다. 건너편의 건물과 건물 사이로 눈발이 흩날리는 회색빛 하늘이 약간 보였다. 매일같이 보는 풍경이었는데도, 짧은 여행에서 돌아가는 중이어서인지 수주는 향수 같은 것을 느꼈다. 댄은 영상 위에 푸른색 손글씨로 이렇게 썼다. 'people are getting old with inexplicable tears.' 그러니까 해명할 수 없는 울음을 울 때 사람은 조금씩 늙는다, 고. 수주는 과연 그렇다고, 고개를 끄덕이며 수긍했다.

*

그들은 유튜브에 접속했다. 헌법재판소 앞에서, 광화문광장에서, 버스 터미널과 대학 학생회관에서 사람들이 모여 선고의 순간을 지켜보고 있었다. 댄과 수주는 영상 속 사람들과 비슷한 타이밍에 숨을 죽였고, 한 번 꺾어져선 탄식을 내뱉었으며, 기다리고 기다리다가 마침내 환호를 질렀다. 그 모든 과정이 끝나면 다른 장소에서 촬영된 영상을 찾아내 다시 일련의 과정을 반복했다. 아무리 봐도 질리지 않을 것 같았다. 그러나 곧 자료는 바닥이 났다. 그들은 침대에 나란히 누워 멀뚱거렸다.

"이제 뭘 하지?"

댄이 물었다. 아직 이른 시간이었다. 수주는 댄의 얼굴 위로 떨어지는 볕을 보다가 그의 볼에 붙은 마른 눈곱을 떼어냈다.

"쇼핑 가볼까? 아무튼 나가선……"

그들은 고민했다. 그러나 밖은 아직 추웠다. 창틈으로 냉기가 스몄다. 밖에선 오토바이가 시끄러운 소리를 내며 공회전을 하고 있었다.

"영화 볼래?"

"그러자."

수주는 대답하면서 이불을 끌어올려 턱밑까지 덮었다.

"아니, 대청소를 하자."

수주가 다시 말했고, 그 의견에는 두 사람 모두 더 적극적으로 동의했다. 겨울이 오기 전에 덮던 홑이불이 아직 침대 아래에 구겨져 있었다. 창턱에는 여름에 날아든 나방 사체가 그대로였고, 누워서도 멀리 스탠드 위에 쌓인 먼지를 볼 수 있었다. 알레르기가 낫지 않는 건 그 먼지들 때문인지도 몰랐다. 눈을 가늘게 뜨자 공중을 부유하는 먼지들도 볼 수 있었다. 수주는 그것들을 향해 손을 뻗어보았고, 머릿속으로 청소기와 막대 걸레의 위치를 생각했고, 몸을 일으키려고 했다. 그러나 역시 쉽지 않았다.

댄과 수주는 노트북을 덮어 침대 아래에 내려두고 서로 껴안았다. 그리고 몸을 조금씩 움직이기 시작했다. 수주는 그게 얼마나 좋았는지 잊고 있었다. 어떻게 그럴 수 있었지? 재밌고, 가볍고, 공짜인 것. 둘은 시간을 들여 천천히 했다.

일이 끝나자 댄은 금방 잠들었다. 수주는 댄의 감긴 눈을 가만히 눌러보았다. 눈꺼풀 아래로 둥근 것이 이리저리 움직였다. 댄이 귀찮은 듯 인상을 찌푸렸다. 자는 얼굴이 어린애 같았다. 수주는 앞으로 댄이 하게 될 일들을 생각해보았다. 한국에서의 남은 한 학기를 마치고도 그는 한참이나 더 공부를 해야 할 것이다. 수주가 알기로 미국의 캠퍼스는 한국의 그것보다 훨씬 크거나 훨씬 작아서, 어떤 학교는 건물 하나로 이뤄져 있기도 했다. 그의 캠퍼스는 어떻게 생겼지? 수주는 곰곰 그들의 대화를 되짚어보았지만 기억해내진 못했다. 그리고 또 뭐가 있나. 더 많은 영상 작업들. 더 많은 여행. 더 많은 여행지에서의 더 많은 영상 작업. 댄은 곧 유럽에도, 콜롬비아에도 가보게 될 것이다. 어쩌면 아시아를 일주할 수도 있겠지. 댄은 젊고, 언젠가 수주의 선배가 말했던 것처럼 추진력이 있고, 사는 데 그렇게 많은 것을 필요로 하지 않는 사람이었다. 그런 사람은 남들보다 더 많은 곳에 갈 수 있다. 수주는 방 한편에 놓인 그의 여행 가방, 일 년 치 유학 생활용이라기엔 너무 작은 그 가방을 보았고 곧 잠이 들었다.

아일랜드
페스티벌

아일랜드 페스티벌 기사에 할당된 지면은 한 페이지였다. 타이틀과 사진 몇 장이 들어가고 나면 기사가 실릴 공간은 꼭 손바닥만 했다.

그날 밤 일어난 사건에 대해서는 언급을 피하고 둥글게 스케치하자는 것이 편집부의 공통된 의견이었다. 다섯 번에 한 번은 통화가 되던 주최측은 며칠 전부턴 아예 잠수였다. 한 진보 매체에 아일랜드 페스티벌의 스물네 시간을 우리 사회의 재해 대처 능력과 연관 지어 비판하는 내용의 칼럼이 올라온 뒤였다. 칼럼은 SNS를 중심으로 넓게 퍼져나갔다. 페스티벌 후원사 목록 끄트머리에 몇몇 음악 전문지와 함께 우리 잡지의 로고가 실려 있었다.

그즈음 나는 자주 밤잠에 들지 못해 뒤척였다. 맨다리에 닿는 홑이불마저 짜증스러운 열대야가 이어졌고, 창밖의 편의점 노상 테이블에서는 매일같이 술에 취한 누군가가 오래 한탄을 늘어놓았다. 방충망 어디쯤 구멍이 났는지 불을 끄고 누우면 어김없이 두어 마리의 모기가 귓전을 맴돌았다. 그런 새벽에 나는 자주 다음날을 미리 포기하듯 한숨을 내쉬고 충전기에 꽂아두었던 휴대폰을 집어들었다. 내가 구독하고 있는 음악 관련 블로그와 트위터에서는 여전히 많은 사람이 아일랜드 페스티벌에 대해 논쟁을 하고 있었다. 까끌해진 눈을 비벼가면서 이미 지난밤, 혹은 며칠 전 어느 밤에 읽었던 텍스트를 꿈결인 듯 다시 들여다보았다. 사람들이 주로 이야기하는 그 몇 시간이 내가 쓴 기사에는 완전히 빠져 있었다.

그날 아침 편집장이 다가와 페스티벌 기사를 아예 빼는 것도 가능하겠다는 말을 했을 때 오래 묵은 긴장이 녹아내렸다. 탕비실로 가 소리 나지 않게 문손잡이를 내려놓았다. 캡슐 커피를 꺼내 머신에 끼워 넣자 뜨거운 커피가 쏟아지기 시작했다. 열린 창으로 한풀 꺾인 늦여름의 볕이 비스듬히 들었다. 사무실 안쪽에서는 키보드를 두드리고, 외주 작업자에게 수정을 요청하기 위해 전화를 걸고, 마지막 교정지를 출력하느라 숨죽인 소란이 일렁였다. 발행일이 코앞이었다.

*

페스티벌이 열린 것은 보름 전이었다.

섬 입구의 메타세쿼이아 산책로는 멈춰 서서 기념사진을 찍는 사람들과 이 인용 자전거 따위로 온통 북적였다. 젊은 부부들이 벌써 지친 얼굴을 하고 유아차 대여소 앞에 길게 줄을 서 있었다. 인기척에도 쉽게 길을 내어주지 않는 관광객들 사이를 빠져나가는 동안 목덜미가 젖어갔다. 폭염주의보가 내린 주말이었다. 강 쪽에서 불어오는 물기를 머금은 바람이 끈적하게 살갗에 달라붙었다.

P섬은 고등학교 체험학습 이후 처음이었다. 서울에서 차로 두 시간 남짓 떨어진 도시에 있는 개인 소유의 섬이었다. 한때 젊은 가족과 연인들의 당일치기 여행지로 사랑받았으나, 소유주가 중국인으로 바뀌면서 유커들의 단체관광 코스가 된 지 오래였다. 섬 전체를 페스티벌 장으로 꾸며 참가자들에게만 개방할 것이라는 나의 순진한 예상을 비웃듯이 선착장에서부터 단체여행사 깃발이 이어졌다. 높낮이가 분명한 낯선 언어가 더운 공기를 가르고 찌르듯 귓전을 울렸다.

여름이면 소규모 음악 페스티벌이 우후죽순 등장했다가 몇 해도 채 버티지 못하고 조용히 사라지곤 했다. 아일랜드 페스티벌측에서 티켓을 보내왔을 때, 나는 그것이 내게 떨어질 일임을 직감

했다. 나는 벌써 오 년째 막내 에디터였다. 휴가철 주말에 열리는 데다 언뜻 끌리는 점을 발견할 수 없는 그저 그런 신생 페스티벌 중 하나였다. 주변에 마땅한 숙박시설이 없는 탓인지 섬 안에서의 감성 캠핑을 주된 콘셉트로 삼은 듯했다. 홈페이지의 메인 화면에도 알전구가 반짝이고 알록달록한 가랜드가 휘날리는 밤의 캠핑장 이미지를 내걸었다. 나는 그 주말 취재를 위해 혼자 캠핑장에서 밤을 보내야 했다.

입사 초기에는 이런저런 론칭 파티나 공연, 페스티벌에 취재를 갈 때마다 대학 친구들을 불렀다. 박봉인데다 출장과 외근이 잦은 인디 잡지사에 붙어 있어야 할 이유를 그런 문화적 경험에서 애써 찾아내려던 때였다. 취준생이던 친구들 역시 'PRESS' 글자가 커다랗게 찍힌 출입증을 목에 걸고 젊은 뮤지션 사이를 흘러 다니거나 공짜 맥주를 마시는 일을 기꺼워했다. 그러나 일 년쯤 시간이 흐르는 사이 모두 시들해졌다. 친구들 또한 취업을 한 뒤에는 잦은 야근에 시달리거나, 이직을 계획하며 베트남어 학원에 다니거나, 새로 연애를 시작했다. 그동안 나는 혼자서 쩨쩨한 출장비를 쪼개 버스를 갈아타고, 편의점 커피를 빨며 돌아다니는 일에 익숙해졌다. 그러나 그날, 갈아입을 속옷과 샤워용품, 카메라와 노트북, 휴대용 선풍기 따위를 잔뜩 짊어지고 환한 섬의 입구에서 나들이객에게 둘러싸인 그 순간에는 어쩐지 막막한 기분이 들었다.

재훈을 마주쳤을 때 무턱대고 반가운 마음이 먼저 스쳤던 것은 그런 이유 때문일지도 모른다. 땀을 뻘뻘 흘리며 사람들 속을 걷던 중이었다. 페스티벌 장까지 남은 길을 가늠하느라 시선을 멀리 던졌을 때 커다란 카메라를 든 남자가 눈에 들어왔다. 어깨에 딱 맞는 리넨 셔츠도, 투 블록으로 잘라 포마드 스타일로 단정하게 넘긴 머리 모양도 낯설었다. 하지만 몸의 어떤 선들은 한 사람을 그 사람과 닮은 모든 사람과 구별하게 해주기도 한다. 예컨대 귓바퀴의 모양, 목선, 이마에서 구레나룻으로 이어지는 부분이라든지 어깨의 둥근 정도 같은 것들. 나는 단번에 재훈을 알아보았다. 몇 분인가 재훈의 뒷모습을 보며 걷다 나는 문득 심상하게 이름을 불러보았다. 재훈이 천천히 고개를 돌렸다. 의구심으로 가늘어졌던 그의 눈이 문득 내 얼굴 위에서 초점을 찾았다.

우리는 말없이 함께 걸었다. 메타세쿼이아 길은 곧 은행나무 길로 또 벚나무나 자작나무 길로 바뀌며 이어졌다. 구획을 나누어 조성해놓은 산책로는 너무 반듯해서 촌스러운 느낌을 주었다. 중간중간 멈춰 서서 사진을 찍는 재훈을 기다리고 서 있을 때면 마치 시차를 겪듯 현기증이 몰려왔지만, 그늘 곳곳에 밴 짙은 풀 냄새를 맡으면 속없이 상쾌한 기분이 되고 말았다. 오랜 친구와 주말을 맞아 나들이라도 나온 것 같았다.

재훈은 아르바이트를 하러 왔다고 했다. 페스티벌 현장을 스케치하는 일이었다. 그즈음 재훈은 그와 비슷한 작업—페스티벌, 콘서트, DJ 파티 등에 참석해 풍경을 담는 일—으로 커리어를 쌓아가고 있다고 했다. 재훈이 휴대폰으로 자신의 홈페이지를 열어 보여주었다. 기사를 쓸 때 몇 번인가 참고한 적이 있는 홈페이지였다.

즐겨찾기에 추가되어 있는데, 네 홈페이지구나.

내가 말하자 재훈이 놀란 듯 입을 크게 벌리며 소리 없이 웃어 보였다.

페스티벌 장은 초승달처럼 길쭉한 모양의 P섬 끝에 마련되어 있었다. 선착장과 정반대편이었다. 몇 번인가 안내 지도를 접었다 펴길 반복하던 때에 재훈이 손을 들어올렸다.

저기다.

그가 가리키는 곳에 비죽 솟아오른 무대 상단이 보였다.

가까이서 보니 페스티벌 구역은 길게 이어붙인 펜스로 안팎을 구분하고 있었다. 강을 따라 왼편에는 캠핑 존이, 오른편에는 사이드 스테이지가 보였다. 그리고 한가운데 메인 스테이지가 넓은 잔디밭을 차지하고 서 있었다. 주변으로는 스낵바와 레이블 부스가 이어졌다.

재훈과 나는 나란히 이름을 대고 출입증을 받아 목에 걸었다. 그리고 취재진과 관계자를 위해 마련된 천막 아래로 들어갔다. 플라스틱 테이블에 자리를 잡고 앉자 재훈이 배낭에서 반쯤 언 보리차 병을 꺼내 내밀었다. 나는 거절할 재간 없이 그것을 받아들었다. 성긴 얼음이 입안으로 흘러들어왔다.

아일랜드 페스티벌은 생각보다 근사했다. 아기자기한 보사노바 음악이 부풀어오른 여름 공기에 실려 떠다녔고 잔디와 나뭇잎, 강물은 저마다 다른 온도의 초록으로 빛났다. 잔디 위로 백여 개의 텐트와 색색의 접이식 캠핑 의자들이 늘어서 있었다. 그리고 그 모든 것들 위에서 둥글둥글하고 귀여운 스타일로 디자인된 아일랜드 페스티벌 로고가 빛났다.

마주앉고 보니 재훈은 살이 조금 올랐고, 전에 없이 검붉은 여드름 자국이 얼굴 곳곳에 나 있었다. 물이나 음식이 맞지 않았던 것일까. 나는 페스티벌 장을 휘둘러보는 재훈을 곁눈질했다.

나는 재훈이 돌아왔다는 소식을 그의 친구들에게서 들었다. 두꺼운 카디건을 입던 날이었으니 아마도 초봄이었을 것이다. K가 문득 연락을 해왔다. 내가 오래 자취한 동네로 이사를 오게 되었다고, 오랜만에 얼굴이나 보자는 이야기를 했다. 퇴근길 지하철역에서 한참을 망설인 끝에 슈퍼에서 액상세제 세트를 사 들고 K가 보내준 주소로 향했다. K의 조그마한 방에 재훈의 친구 셋이 모여 있었다. 재훈의 송별회 자리에서 마지막으로 만났으니 이 년 만인 셈이었다. 맥주를 마시다 결국 소주를 사 나르기 시작했을 때 누군가 재훈이 돌아왔다는 이야기를 꺼냈다.

날씨 때문이래.

곁에 앉은 K가 속삭였다.

나는 지난겨울의 유난한 추위를 떠올렸다. 한강에 투신한 누군가 얼음이 깨지지 않은 덕에 구조되었다는 뉴스와 지하철역 앞에서 동사한 노숙자가 출근길 사람들에 의해 발견되었다는 뉴스가 번갈아 나왔었다.

K는 유튜브로 음악이 재생되고 있는 노트북을 끌어와 베를린의 평균기온을 검색했다. 프로젝터에 연결되어 있던 터라 K의 침대 위 스크린에 검색 결과가 커다랗게 비쳤다. 베를린의 겨울날은 가장 추울 때에도 영하 삼 도 이하로는 좀체 떨어지지 않았다.

그럴 리가 없다는 것을 알면서도 나는 혹시나 아이들이 나 때문에 재훈을 부르지 않은 것은 아닌가 걱정이 되어 입을 다물고 괜히 종이컵을 이리저리 구겼다. K가 내 손에서 종이컵을 빼앗아가 소주를 따르고 세심한 비율로 탄산수를 섞었다. 예전 솜씨 그대로였다.

아침 열시까지도 해가 안 뜨고 오후 네시면 어두워지기 시작했대. 겨울이 끝나지 않을 것 같은 기분이 들었다더라.

K가 다른 아이들의 잔도 같은 방식으로 채우며 말했다.

재훈은 돌아온 뒤엔 여럿이 함께 모이는 자리에는 나타나지 않는다고 했다. 유학 생활을 하며 알게 모르게 키워온 우울증이 그 애를 민박집의 싸구려 매트리스에 꼭 붙들어놓았다. 재훈은 어학과정을 마치고 나서도 대학원에 합격하지 못했다. 재훈의 형이 베를린으로 가서 그애를 데리고 왔고, 그애는 곧 치료를 시작했다. 실패한 거라고, 인생의 첫 실패를 겪고 있는 거라고 말하며 아이들은 짐짓 인상을 썼다.

나는 아마 좀 웃었을 것이다.

걔한테 필요했던 게 그거지. 실패.

그런 말을 위악적인 태도로 덧붙였던 것 같기도 하다. 아이들이 저마다 작게 끄덕이며 술잔을 입으로 가져갔다.

아르바이트를 하던 지하 바에서 그애들을 처음 만났다. 스무 살이었다. 입시생 시절의 한을 하루빨리 풀어버리겠다는 듯 입학을 한참 앞두고 자취방을 얻어 상경한 무렵이었다. 나는 서울에 아는 사람이 없었다. 먼 친척이라든지, 어릴 때 서울로 전학을 간 친구라든지, 여하간 말 그대로 전화를 걸어 만나볼 사람이 하나도 없었다는 뜻이다. 고등학교 시절 엎치락뒤치락 순위를 다투던 친구들은 모두 우리가 자란 도시의 대학에 진학했다. 서울로 가기에는 성적이 어중간했고, 그저 그런 대학에 다니기 위해 유학비를 감당하기에는 집안 사정이 고만고만하게 어렵기도 했다. 나는 그저 그런 대학에 다니기 위해 좀더 애를 써본 편이었다. 익숙한 것이라면 무엇도 하고 싶지 않았다. 아르바이트를 구할 때도 마찬가지여서 나는 내가 자란 도시에도 있는 패스트푸드점, 대형 마트, 프랜차이즈 카페처럼 시시해 보이는 곳을 먼저 제외했다. 결국 자리를 구한 곳이 바로 대학가의 그 지하 술집이었다. 스탠드 좌석을 제외하면 테이블이 겨우 두 개 들어가는 좁고 퀴퀴한 공간이었다. 재훈과 친구들의 단골 가게였다.

그날 역시 스탠드에 주르르 자리를 차지하고 앉은 그들에게 병맥주를 팔았다. 나는 신청곡을 찾아주다 지쳐 스피커가 연결된 가게 노트북을 내주었다. 그들은 새벽 무렵 사장이 퇴근한 뒤에는 진열된 리큐어를 꺼내 칵테일을 만들어 먹기 시작했다. 전에 이곳에서 아르바이트를 했다던 K가 스탠드 안쪽으로 들어와 나서는 통에 나는 말릴 엄두도 내보지 못했다. 아이들은 티가 나지 않도록 여러 종류의 리큐어를 조금씩 따라 섞었고, 이후에는 손님들이 키핑해둔 위스키며 보드카에도 손을 댔다. 이것저것 섞어 마신 탓에 누구도 얼마나 마셨는지 알지 못했다. 모두가 만취하고서야 끝나는 자리였으므로, 서로의 주량 같은 것을 염두에 두는 것은 아니었지만 말이다.

그렇게 몇 주가 지나는 동안 나는 아이들과 함께 술을 훔쳐먹고, 가게문을 닫고 나가 이십사 시간 순댓국집에서 또 소주를 마시며 친해졌다. K가 나보다 세 살 위로 가장 나이가 많았고, 나머지 아이들과도 한두 살씩 나이 차가 났다. 그러나 아이들끼리는 서로 이름을 불렀다. 서로 대하는 데에도 어떤 위계라곤 없었다. 그들 사이에서는 나이를 묻고 답하는 것이 도리어 촌스러운 태도 같았다. 어떤 날에는 처음 보는 얼굴들이 그들의 전화를 받고 술자리에 찾아와 왁자했고, 어떤 날에는 무리 중 한둘이 남아 진득하게 대화를 나누며 술을 마셨다.

그리고 재훈과 나만 남은 밤도 있었다. 아이들은 자정 무렵부터 어디선가 걸려온 전화를 받고 근처의 술자리로 하나씩 떠났다. 재훈이 마감을 도와주겠다고 나섰다. 조명이 지나치게 어두운 가게여서 신경써서 바닥을 쓸어도 티가 나지 않았다. 재훈은 건성건성 기본안주인 새우깡의 부스러기를 바닥에서 주워 쓰레기통을 향해 던졌다. 그러고는 내 빗자루 역시 빼앗아 창고 구석으로 던져버렸다. 지상으로 향하는 바의 계단은 무척 좁았다. 뛰어올라가는 동안 서로의 어깨가 이리저리 부딪쳤다. 재훈과 나는 깔깔거리며 가게 문을 잠그고 셔터를 내렸다. 술에 취해 잘 되지는 않았다. 그날 처음으로 누군가의 옷 아래 감춰진 둥근 배를 만져보았다. 재훈은 헤비메탈 록 밴드의 로고가 커다랗게 그려진 검은색 티셔츠를 입고 있었다.

페스티벌에 처음 간 것도 그애들과 함께였다. 한 장에 십만원이 훌쩍 넘는 입장권을 살 돈은 없었다. 우리는 밴드를 하는 친구를 통해 초대권을 얻거나, 인디 레이블에서 막일을 하는 관계자에게 연락해 개구멍으로 잠입하고는 했다. 미리 페스티벌 자원봉사 자리에 지원하기도 했다. 이력서에 한 줄 경력을 추가하려는 대학생들로 영리 목적의 페스티벌에도 자원봉사 희망자는 넘쳐났다. 우리는 또래의 그런 아이들을 비웃으면서 자취방에 모여 앉아 지원서를 썼다. 서로의 지원서를 돌려 읽고 문장을 세심하게 다듬었다. 출연진 관리부는 경쟁률이 높으니 피하고, 환경 관리는 이리저리 불려다닐 일이 많아 공연을 보기 힘들다, 하는 식으로 지원파트에 대한 세세한 조언도 나누었다.

다 함께 페스티벌이 열리는 도시에 도착해서 가장 먼저 하는 일은 편의점 앞에 몰려서서 음료수 페트병에 소주를 섞어 담는 것이었다. 가방 안에 몇 개씩 술을 숨기고서야 우리는 페스티벌 장으로 향했다. 몰려다니며 공연을 보고, 화장실 세면대에서 손바닥에 물을 받아 마시고, 구석에 숨어서 쉰 김밥을 소주와 함께 입안으로 욱여넣으면서도 같이 있을 때면 그다지 부끄러울 것 없던 날들이었다.

*

십여 년 가까운 시간이 흐르는 동안에도 자원봉사자로 진행요원 수를 채우는 관행은 바뀌지 않은 모양이었다. 앳된 얼굴의 아이들이 형광 조끼를 입고 삼삼오오 모여 짧은 수다에도 긴 웃음을 터뜨렸다. 무대 위의 뮤지션을 동경 어린 눈으로 바라보다가도 이따금 멈춰 서서 무전기에 귀를 기울였고, 들려오는 지시에 따라 곳곳으로 재빨리 흩어졌다. 그늘 없이 펼쳐진 볕 아래 모자도 없이 자리를 지키고 서서는 주머니에서 선 스틱을 꺼내 허물없이 나누어 발랐다.

재훈과 내가 배정받은 텐트는 강을 따라 둥글게 이어진 캠핑 존의 가장자리였다. 큼지막한 번호가 붙은 텐트는 스무 개 단위로 구획 지어져 있었다. 무대 중심과 가까워 텐트 앞에 의자를 놓고 공연을 볼 수 있는 구역의 티켓은 더 비싸게 팔렸고, 강가로 갈수록 저렴해졌다. 그런 법칙에 따라 그다지 주요하지 않은 취재진인 재훈과 나는 가장자리로 밀려난 것 같았다. 텐트 옆에 서니 허리께까지 자란 갈대가 바람에 느리게 흔들렸다.

우리는 각자의 텐트에 짐을 부렸다. 나는 텐트 문을 비집고 들어가 다리를 뻗고 누워보았다. 강에서 올라오는 서늘한 기운이 텐트 바닥을 통해 느껴졌다. 텐트에 누워보는 건 어릴 적의 가족여행 이후로 처음이었다. 가까운 사이라면 세 사람쯤 몸을 붙이고 잠들 수 있을 법한 크기였다. 샛노란 텐트 색 덕에 아늑한 조명이라도 튼 듯이 빛이 느리게 일렁였다. 뜨겁게 데워진 공기 속에서 한차례 땀을 뺀 뒤라 몸이 노곤하게 늘어졌다. 재훈이 내 이름을 부르는 소리가 꿈결인 듯 들려왔다. 땅을 짚고 몸을 일으키려는 순간 푹, 하는 느낌과 함께 바닥이 십 센티미터쯤 가라앉았다.

재훈의 텐트도 사정은 마찬가지였다. 우리는 운동화를 신은 발에 힘을 주어 텐트와 텐트 사이의 잔디를 밟아보았다. 강변의 무른 지반이 쉽게 내려앉았다. 재훈이 양손을 들어올리고 저 멀리의 진행요원을 소리쳐 불렀다. 음악과 사람들의 소음에 묻혀 그의 목소리는 쉽게 가닿지 않는 듯했다. 한참 만에 재훈을 발견한 진행요원이 이쪽으로 뛰어왔다. 그는 엉덩이를 높이 들고 웅크린 채로 텐트 안으로 기어들어갔다. 그러고는 우왕좌왕 무전기를 켜고 누군가에게 상황을 전달했다. 뭔가 소통이 쉽지 않은지 여러 번 같은 말을 반복했고, 마침내는 잠깐 기다리라는 듯 우리를 향해 손바닥을 내보이고는 저편으로 뛰어갔다. 한참이 지나도록 그는 돌아오지 않았다.

공연이 시작될 무렵에도 한차례 소란이 일었다. 페스티벌의 개막을 알리는 불꽃이 메인 스테이지에서 터졌을 때, 펜스 바깥쪽에 있던 관광객들이 순식간에 펜스 쪽으로 몰려들었다. 페스티벌 장내의 환호가 커질수록 펜스에 매달린 사람도 늘었다. 그 틈을 타 어린아이를 들어올려 안쪽으로 넘기려는 사람도 보였다. 잔디밭에 박힌 플라스틱 펜스가 위태롭게 흔들렸다. 지시가 있었는지 진행요원들이 일제히 펜스 쪽으로 달려와 섰다. 한동안 양쪽에서 팽팽한 긴장이 이어졌다.

티켓을 구매하셔야 입장이 가능합니다.

누군가 드디어 멘트를 생각해낸 듯 외쳤다. 곧 진행요원 모두가 그 말을 따라 외치기 시작했다.

일부는 선뜻 물러났지만, 곧 비슷한 숫자의 사람들이 다시 안쪽을 살피기 위해 다가왔고 한동안은 시위 현장에서나 볼 법한 대치가 이어졌다. 재훈은 무심히 그 광경을 지켜보다가 멀리에서 줌을 당겨 사진을 여러 장 찍었다. 어디선가 세그웨이를 탄 섬의 관리자들이 나타나고 나서야 상황이 정리되었다.

밤 아홉시를 기해 P섬은 폐장을 맞았다. 관광객은 모두 마지막 배를 타고 섬에서 빠져나갔다. 페스티벌 장 바깥의 가로등이 차례로 꺼지는 순간 관객들이 환호했다. 페스티벌 장은 어둠으로 물든 바깥쪽과 대비되어 한층 아늑하게 느껴졌다. 아무나 남아 있을 수 없는 곳에 함께하고 있다는 만족감과 결속감을 주는 대비였다. 마침 메인 스테이지에 올라 있던 뮤지션이 그 점을 언급하자 사람들이 일제히 몸을 돌려 펜스 바깥쪽을 둘러보았다.

주최측이 상상했을 그대로, 사람들은 사선으로 줄무늬가 들어간 산뜻한 텐트 앞에서 셀프카메라를 찍었고, 주 후원사의 캠핑용품 브랜드 로고가 큼지막하게 들어간 의자를 옮겨다니며 맥주를 마셨다. 나는 무대 뒤편의 뮤지션 대기 공간에 들어가 사진을 몇 장 찍은 뒤에는 줄곧 메인 스테이지가 내려다보이는 취재진 천막에 자리를 잡고 앉아 있었다. 새로운 뮤지션이 등장할 때마다 곡의 순서와 관객석의 분위기를 휴대폰 메모장에 되는대로 적어내려갔다.

인디 씬의 수많은 밴드 중에서도 페스티벌에 주로 불려다니는 이들은 한줌이었다. 공통점이라면 밝고 풍부한 멜로디에, 연주 외에도 호응을 일으킬 수 있는 퍼포먼스를 꼽을 수 있었다. 그들은 이삼십 분에 맞추어진 세트 리스트를 가지고 다니며 페스티벌은 물론 지역특산물 축제와 대기업의 송년회, 리조트 회원들을 위한 파티에서도 비슷한 무대를 반복했다. 적절히 알려진 곡으로 시작하여 몇 개의 신곡을 섞어 사이를 메우고, 공연의 막바지에는 가장 인지도가 높은 곡을 연달아 배치해 분위기를 끌어올렸다. 주최 측은 그런 밴드들 사이사이에 최근 텔레비전 오디션 프로그램에서 얼굴을 알린 싱어송라이터를 끼워 넣고, 국내 톱급 밴드를 헤드 라이너로 세워 표를 팔았다.

열시를 조금 넘긴 시각 빗방울이 한두 방울 바람에 날렸다. 예보된 소나기였다. 한 팀이 무대를 마치고 내려간 사이, 음향 스태프들이 분주히 음향기기들 위로 두꺼운 비닐을 씌웠다. 관객들은 준비해온 우비를 꺼내어 입거나 땀에 젖은 얼굴을 쳐들었다. 빼곡히 살을 맞대고 선 사람들 사이에 고인 열기를 구석구석 씻어내는 비였다.

재훈이 가방에 미처 챙겨넣지 못한 카메라와 렌즈를 옷으로 덮고 천막 안으로 뛰어들어왔다. 그러고는 내게 눈인사를 하고 곧장 가방 안에서 수건을 꺼내 장비의 물기를 닦아냈다. 한참 휴대폰 플래시로 비추어가며 카메라를 살펴보던 그가 고개를 들었을 때 나는 다시 페스티벌 장을 향해 시선을 옮겼다.

우리는 스낵바에서 가져온 음식으로 간단히 끼니를 때웠다. 배 모양으로 접힌 종이 그릇에 담긴 핫도그와 감자튀김 따위였다. 재훈 역시도 촬영을 위해 음식을 싸오거나 할 만큼 기력이 있지는 않은 모양이었다. 천막을 타고 흘러내리는 빗줄기가 이따금 팔에 닿았다. 여름비치고는 차가웠다. 내내 뜀박질을 하는 관객들에게 거세진 소나기는 별문제가 아닌 듯했다. 마침 빠른 비트의 펑크록 밴드가 무대에 서 있었고, 관객들은 앞사람의 어깨를 붙잡고 잔디 위를 내달렸다. 가짜 체더치즈와 베이컨 칩으로 뒤덮인 감자튀김은 아주 짜고 느끼했다. 재훈이 커다란 컵에 담긴 펩시콜라를 연신 들이켰다.

그때 우리는 재훈이 나고 자란 수유동의 집에서 많은 시간을 보냈다. 그의 조부모가 노후를 보낼 집을 새로 지어 떠나면서 부모에게 물려준 곳이었다. 사시사철 찬 기운을 풍기는 나무 계단을 밟고 올라가면 천장이 낮은 재훈의 공간이 있었다. 거기에서 나는 영화를 보고 책을 읽고 낮잠을 잤다. 깨끗하게 관리되었지만 군데군데 틈이 벌어지고 낡아 개미나 바퀴벌레가 한철 말썽을 피우기도 하는, 흔하고 평범한 이층 주택이었다.

재훈은 요리를 곧잘 했다. 조리대 앞에서 단순한 동선으로 움직이는 태가 어릴 때부터 해온 일이라는 것을 증명했다. 재훈은 무언가를 썰고 나면 도마를 한 번 헹구었고, 물기가 묻은 손을 허벅지 자락에 툭툭 닦으며 다음 할일을 생각하는 듯 잠깐 멈추었다. 그러고는 곧 몸을 빙글 돌려 냉장고나 가스레인지 앞으로 옮겨갔다. 재료를 사와서 특별히 맛있는 것을 만드는 법은 잘 없었다. 늘 그의 부모가 미리 얼려둔 잡곡밥에 곁들여 먹을 만한 것을 찾아내 조리했다. 고등어를 굽거나, 양파와 감자를 채 썰어 볶거나, 마른

멸치에 아몬드를 부수어 넣고 볶음밥을 만들었다. 나는 담백하고 조금 싱거운 듯이 간이 된 재훈의 음식을 먹으면서 그애의 유년 시절을 상상했다.

재훈은 등이 반듯했고, 사람의 눈을 똑바로 바라보았고, 자기의 의견을 느긋하게 이야기했다. 나는 그애의 집 거실에 놓인 비닐 레코드로 가득찬 선반이며 『르몽드 디플로마티크』, 영국에서 사왔다는 홍차 잔 세트와 고전영화 DVD 컬렉션을 질투 어린 눈으로 바라보곤 했다. 책을 읽는 어른도 나는 그곳에서 처음으로 보았다. 재훈의 부모였다.

그들은 아들의 여자친구를 자연스럽게 대했다. 밥을 차려주거나 과일을 깎아주지는 않았지만 내 옷차림을 훑어보지 않는다는 점이, 몇 시간이고 재훈과 단둘이 방에 틀어박혀 있어도 기척을 하지 않는다는 점이 고마웠다. 재훈은 그들이 캠퍼스 커플 시절에 쓰던 클래식 카메라를 물려받아 사진을 찍기 시작했다. 그들이 대학원에 다니며 읽던 사회과학 서적을 물려받아 읽었다.

미용실에 가는 대신 애견용 이발기로 서로의 머리를 깎아주고, 주머니에 돈이 있으면서도 술을 훔쳐먹고, 페스티벌에 몰래 기어들어가기 위해 밤새 계획을 세우는 재훈의 다른 친구들에게도 비슷한 부류의 부모가 있다는 사실은 차차 알게 되었다. 그애들과 재개발 반대 농성 현장에 몰려다니며 외쳤던 문구들이, 불렀던 노래들이 다름 아닌 그들 부모에게서 온 것이라는 사실도.

나에게도 그들 부모와 엇비슷한 나이대의 부모가 있었다. 고등학교를 졸업한 뒤에는 알음알음으로 일할 곳을 찾아다니고, 그렇게 배운 기술과 모은 쌈짓돈으로 사업을 벌이기도 하고 망하기도 했던 사람들이었다. 나는 아직은 이름 붙이지 못한 간극 속에서 재훈과 친구들이 졸업한 강한 진보 성향의 대안학교 홈페이지에 들어가 연혁과 교육철학을 살펴보았고, 그러고 나서 주간지의 칼럼을 읽을 때면 386이니 486이니 하는 숫자를 새삼스럽게 바라보기도 했다.

*

비가 이어지면서 가장 먼저 문제가 된 곳은 화장실이었다. 관객들은 캠핑 존 주변으로 설치된 간이화장실 대신 P섬의 건물 가운데 유일하게 개방된 수련관으로 몰려들었다. 비에 젖은 몸을 닦고 채비를 다시 하기 위해서였다. 휴지통에서 넘쳐흐른 화장지가 질척하게 바닥에 엉겨붙었고, 사람들이 묻혀온 흙이 벽이며 세면대까지 튀었다. 주최측에서 나누어준 일회용 우비는 여기저기 찢어진 채 화장실 구석에 쌓여갔다. 진행요원들이 백 리터짜리 쓰레기봉투를 갖고 다니며 청소를 했지만, 늘어선 줄이 한 바퀴 줄어들즈음엔 원상 복귀되었다. 선반 위에 몇 층씩 쌓아둔 화장지도 금세 동이 났다.

나 역시 오래 줄을 선 끝에 화장실로 들어섰다. 참았던 볼일을 해결하고, 화장을 고치는 사람들 틈을 가까스로 헤쳐 손을 닦았다. 종일 땀을 흘리고 비를 맞은 탓에 얼굴이 온통 얼룩덜룩했다. 나는 물로 여러 번 얼굴을 문질러 씻고 손가락으로 머리를 대충 빗어 다시 묶었다. 아직 세 팀 남짓 공연이 남아 있었다. 피로가 몰려왔다.

수련관 계단 곳곳에 휴식을 취하려는 사람들이 자리를 잡고 앉아 있었다. 출입금지 팻말이 뒤쪽으로 밀려났고, 대화 소리가 높은 천장에 모여 웅웅 울렸다. 비가 거세져 공연이 일시적으로 중단된 모양이었다. 굵은 빗방울의 기세가 좀전과는 확연히 달랐다. 야외에 늘어선 스낵바 역시 비를 피하려는 관객으로 빽빽했다. 음향 스태프들은 다시 무대 위를 뛰어다니며 장비를 챙겼다. 나는 분주하게 오가는 사람들의 모습을 몇 장 찍었고, 메인 스테이지 조명 앞으로 바늘처럼 하얗게 쏟아져내리는 빗줄기도 담았다. 그때까지만 해도 오늘밤 해프닝의 한 장면으로 기사에 남겨질지도 모르는 일이라고 생각했다.

아일랜드 페스티벌의 공식 트위터 계정에 접속해보니 마지막 업데이트 시간은 삼십 분 전이었다. 빗속에서 한쪽 손을 들어올린 채 잔디 위를 뛰어다니는 관객들의 모습이었다. 강한 조명을 받으며 제각각의 방향으로 달려가는 그들의 모습은 라이언 맥긴리의 사진처럼 맑고 신비하게 보였다. 천 명에 가까운 사람들이 사진을 리트윗했다. 휴대폰에서 고개를 들자 홀을 채운 사람들이 다시 보였다. 수건으로 머리를 감싸 짜거나 젖은 옷을 펄럭이고 있는 그들은 크고 작게 지쳐 보였다. 눅진한 체취로 홀의 대기가 탁했다.

비는 쉽게 사그라들 것 같지 않았다. 한 시간 후에는 그칠 것이라던 처음의 예보와는 달리, 날씨 앱에는 새벽 늦게까지 우산 모양의 픽토그램이 떠 있었다. 하지만 언제까지나 기다릴 수는 없다고 생각한 모양인지, 무대 위로 대형 천막이 설치되고 곧 메인 스테이지에 한 팀의 뮤지션이 올랐다. 이미 스케줄이 한참 지체된 상황이었다. 한 곡을 마칠 즈음엔 비가 내리기 시작할 때와 비슷한 수의 관객이 다시 스테이지 앞으로 모였다.

나는 양팔로 머리를 감싸쥔 채 캠핑 존으로 향했다. 내부 등을 켠 텐트마다 안쪽에서 말소리와 웃음소리가 흘러나왔다. 캠핑 존 가장자리로 갈수록 스테이지에서 전해지는 진동이 줄어들었고, 마음도 따라서 진정되었다. 나는 내 텐트의 번호를 확인한 뒤 지퍼를 열고 안쪽으로 기어들어갔다. 배낭이 보이지 않았다. 도착하자마자 중요한 물건을 보조가방에 옮겨 담고 아무렇게나 부려둔 짐이었다.

K는 연결음이 한동안 이어진 끝에 전화를 받았다. 방금 잠에서 깬 듯 나직하고 느린 목소리였다. 내가 재훈의 연락처를 묻자 그가 잠깐만, 하고 말을 받고는 한참이나 대답이 없었다. 휴대폰 주소록을 살펴보는 모양이었다. 그러다 그가 재훈이 한국에 와서 개

통했을 새 번호가 자신에게는 없다는 이야기를 전했다.

K는 사정을 듣고는, 재훈이가 챙겼겠지, 하고 덧붙였다.

그런데 거기 계속 있어도 괜찮아? 어디서 자게?

K가 말했고 나는 관자놀이를 만지며 한참 만에

그럼 어떡해. 나갈 수도 없는데.

대답했다.

전화를 끊고 나서는 페이스북에 접속했다. 내가 아는 이들 대부분이 그러하듯, 재훈도 페이스북을 떠난 지 오래인지 몇 년간 새 게시물이 없었다. 재훈이 삭제하지 않고 남겨둔 몇 년 전의 사진들이 떴다. 앳된 내 얼굴도 자주 재훈의 옆에서 웃고 있었다. 나는 그에게 메시지를 한 통 남겼다.

이제는 힘주어 누르지 않아도 몸 아래쪽으로 무른 지반이 그대로 느껴졌다. 그러나 내 텐트 뒤쪽으로도 몇 줄은 더 텐트가 이어졌고, 주변에서 사람들의 말소리가 들려왔으므로 나는 우선 안심했다. 그리고 무엇보다 한참 만에 주변을 의식하지 않고 혼자 앉은 그 자리가 대책 없이 아늑하게 느껴졌다. 나는 재훈, 혹은 K의 연락이 올 때까지 잠시만 자리를 지킬 요량이었다.

앉은 자리에서 깜빡 몰려온 졸음을 떨치고 일어났을 때 가장 먼저 들린 것은 재훈의 목소리였다. 그가 누군가를 향해 소리를 치고 있었다. 나는 지퍼를 열고 바깥쪽으로 고개를 뺐다. 그리고 이미 젖어버린 운동화에 다시 발을 끼워 넣었다. 주변의 몇몇 텐트에서도 바깥쪽의 동태를 살피려는 듯 사람들이 꾸물꾸물 고개를 내밀었다. 나는 재훈의 목소리가 들리는 쪽으로 걸어갔다. 재훈은 세 명의 진행요원 앞에 서 있었고, 몇몇 관객이 한 발짝 뒤에서 반원을 그린 채 상황을 지켜보고 있었다. 재훈의 휴대폰에서 나온 한줄기 빛이 마지막 텐트가 선 곳에서 강가로 이어지는 경사진 지반을 비추었다. 잔디가 일부 뜯겨나가 진흙과 뒤섞여 있었고, 비에 불은 물살이 바로 그 아래로 세차게 흘렀다. 어린 진행요원들은 어쩌지 못하고 재훈의 항의를 들었다. 재훈은 그들의 당황한 얼굴을 굳은 표정으로 건너다보다 답답함을 참지 못하고 다시 목소리를 높였다. 재훈의 등뒤에 그의 배낭과 함께 내 짐이 매달려 있었다.

그때 멀리 떨어진 스피커에서 마이크 잡음이 울렸다. 재훈의 주변으로 선 사람들은 물론이고 캠핑 존 곳곳에 앉아 있던 사람들까지 허공으로 고개를 갸웃 기울였다. 음악이 중단되었다가 이내 중년 여자의 건조한 목소리가 울려퍼졌다. 삼십 분 뒤 섬에서 나가는 배가 있을 예정이니 퇴장할 사람들은 시간을 맞추어달라는 내용이었다. 방송은 같은 내용으로 두 번 반복되었다. 안내방송이 끝나자 페스티벌 장에는 잠깐 침묵이 흘렀고, 누군가가 그래서 지금 나가면 환불을 해준다는 거야, 뭐라는 거야, 하고 소리를 질렀다. 멀리 무대에 선 밴드의 보컬이 우리 놀아요, 소리치며 안내방송을 비웃고는 다시 연주를 시작했다. 무대 앞에 선 사람들이 환호했다.

*

그날 밤 P섬 근처의 가게에 손님이 들이닥치기 시작한 시각은 새벽 한시였다. 몇 해간 영업이 끊긴 채 방치된 민박집들 입구에는 외국인 관광객을 상대로 하는 기념품 좌판이 툭 튀어나와 있었고, 대부분 굳게 셔터를 내리고 있었다. 가게와 살림집을 겸하는 몇몇 상점의 사장이 단잠에서 깨어나 비몽사몽간 거리로 나와 섰고, 오랜 영업의 감각으로 빠르게 방값을 올려 불렀다. 걸레로 대충 훔쳐낸 방마다 케케묵은 이불 몇 채가 들어갔다.

일찍 P섬을 빠져나온 관객들은 방을 잡는 대신 선착장 근처에 모여 서 있었다. 오가는 차도, 불이 켜진 간판도 없는 선착장 주변은 온통 어둡고 스산했다. 한 무리의 사람들은 매표소 앞에 자리를 깔고 앉아 술을 마셨다. 누군가 다가오면 엉덩이를 움직여 원을 넓히고 새로 자기소개를 했다. 그들은 빗줄기가 약해질 때마다 선착장을 기웃거렸다. 여객선은 가끔 섬 안의 사람들을 조금씩 태워 나올 뿐 다시 들여보내지는 않았다. 술에 취해 다시 페스티벌 장으로 향하려는 사람들의 항의에 늙은 운전사가 조타실 밖으로 피곤한 얼굴을 내밀었다.

본격적으로 사람들이 몰려나온 것은 사이드 스테이지의 골격 일부가 무너져내리고 캠핑 존이 불어난 강물에 위태롭게 노출된 후였다. 페스티벌은 중단되었다 재개되기를 반복했다. 그때까지도 무대 앞에 남아 있던 관객들은 더욱더 격렬해졌다.

재훈과 나는 페스티벌 장에 들어갈 때와 마찬가지로 말없이 선 착장으로 향했다. 우비를 뒤집어쓴 탓인지 재훈의 얼굴은 한층 더 어두워 보였다. 경광봉을 든 진행요원이 무리를 이끌고 앞장서 걸 었다. 길은 온통 흙탕물투성이였다. 신발 안이 못 견디게 껄끄러 웠지만 어떻게 해볼 엄두가 나지 않았다. 사위가 어두웠다. 서늘 한 기운이 들어 고개를 들어보면 아무렇게나 가지를 뻗친 커다 란 나무 아래를 지나는 중이었다. 낮 동안 잘 길든 짐승 같았던 섬 은 완전한 야생의 공간처럼 느껴졌다. 저 멀리서 비틀스의 노래가 들려왔다. 사이드 스테이지에 선 뮤지션이 부르는 노래였다. 다 음 공연이 예정되었던 팀은 이미 자리를 떴고, 페스티벌 장에 남 은 몇몇 뮤지션은 축제를 멈출 생각이 없는 관객에게 휩쓸려 끝없 이 공연을 이어갔다. 그들은 자신들의 곡을 다 부른 뒤에는 모두 가 알 법한 오래된 팝송을 연주했다. 마이크를 쥔 이가 가사를 외 우지 못하는지 첫 소절을 흥얼거리다 멈춰버렸다. 다음부터는 멀 리에서 여럿이 함께 부르는 목소리가 웅웅 이어졌다.

지하 바의 사장도 가끔 비틀스 베스트 앨범을 틀었다. 나사가 그중 한 곡을 MP3 파일로 압축해 우주로 쏘아 보냈다는 것도 사 장에게서 들은 얘기였다. 우주를 가로지른다는 제목처럼 그 노 래는 지금도 북극성을 향해 날아가고 있었다. 도착하기까지는 사백 년이 넘게 걸린다고 했다. 재훈은 낡아빠진 비틀스를 지겨워했고, 때때로 감상에 빠진 사장을 몰래 비웃었다. 그래도 내가 듣기에 그 곡은 좋았다. 무엇도 내 세계를 바꿀 수 없어, 라고 반복되는 후렴구를 입속에서 웅얼거리다보면 우주를 날아가는 게 노래가 아니라 어떤 영혼처럼 느껴지기도 했다.

재훈과 시답잖은 대화를 이어나간 건 그래서였을 것이다. 앞장선 사람이 낸 발자국을 따라 걷는 동안 나는 재훈과 내가 그때 했던 말들을 또렷이 떠올릴 수 있었는데, 그중 무엇이 그의 말이고 무엇이 나의 말인지는 알 수 없었다. 당시 그와 나의 말투가, 그리고 우리가 자주 쓰던 단어가 거의 같았기 때문일 터였다.

북극성에 외계인이 있을까?

좀더 큰 별에 있을 가능성이 크지.

만약에 반쯤 왔는데 거기에 아무도 없다는 소식을 들었어. 그럼 돌아가고 싶을까? 계속 가고 싶을까?

그래도 가지 않을까. 이백 년이나 왔는데.

들어줄 사람이 없는데도?

외계인이 MP3 파일을 써?

시 같기도 하고 헛소리 같기도 한 그 노래가 점점 작아져서 완전히 들리지 않게 될 때까지 나는 노래에 귀를 기울였다. 무엇도 내 세계를 바꿀 수 없어. 그 노랫말을 한 번도 의심하지 않고 믿었던 날들이 아득했다.

*

    우리가 섬 밖으로 나왔을 때 이미 선착장 근처의 민박집은 만원이었다. 섬으로 들어가는 길에 모텔을 몇 본 것 같았다. 재훈 역시 동의해서 나를 따라 어두운 국도로 나서기는 했는데 확신이 서진 않았다. 별다른 수가 있는 것은 아니었다. 콜택시 전화는 모두 먹통이었고 도로변에 나와 목을 빼고 선 사람들이 이미 한 떼였다.

    차도의 끄트머리를 아슬아슬하게 걸어가는 사이 가끔 택시가 나타나 빠른 속도로 곁을 스쳤다. P섬을 돌아 나오는 차들은 모두 빈자리 없이 사람들을 태운 채였다. 앞서 걷던 재훈이 가끔 걸음을 늦추어주었다. 물에 젖은 청바지가 무거워 보였다. 코너를 돌았을 때 산에서 피어오르는 물안개에 잠긴 건물 하나가 나타났다. 끝이 나지 않을 것처럼 이어지던 임지에 홀로 우뚝했다. 칸칸이 나뉜 창으로 듬성듬성 불빛이 흘러나왔다. 호텔 같은데, 재훈이 돌아보며 말했다.

    붉은 벽돌로 외벽을 꾸민 오래된 건물이었다. 정원에는 적송들이 서로 뿌리가 엉긴 채 굳게 서 있었고, 돌을 쌓아 깊고 넓게 만든 연못에는 길이가 두 뼘은 될 듯한 커다란 비단잉어들이 헤엄치고 있었다. 바닥 군데군데 설치된 LED 조명이 길을 밝혔다.

    도어맨이 주름진 얼굴에 미소를 띠며 문을 열었다. 서늘하고 건조한 에어컨 바람이 산뜻하게 와닿았다. 로비에는 페스티벌 참가자들이 많았다. 아이스박스와 색색의 우비, 그늘막 따위가 든 가방을 들고 선 그들은 고즈넉한 로비의 풍경과 사뭇 대조적이었다. 고동색 가죽소파와 테이블이 놓인 카페 공간 너머로 프런트가 보였다. 재훈이 그곳으로 성큼성큼 걸음을 옮겼다. 프런트 직원이 고개를 살짝 숙였다. 그가 입은 유니폼 상의는 호텔 내부의 회색 데코 타일과 이상하리만큼 똑같은 색이었다. 그 위에서 이름이 적힌 금배지가 빛났다. 그는 그 호텔만큼이나 나이가 많아 보였다.

내 수중에는 스탠더드 룸의 숙박비를 결제할 돈이 없었다. 재빠르게 따져보았지만 그 돈의 반도 없기는 마찬가지였다. 하필 매달 찾아오는 며칠의 보릿고개였다. 월세와 주택청약적금이 빠져나가고 월급이 들어오기까지의 오 일 남짓한 시간이었다. 내가 머뭇거리는 사이 재훈이 지갑에서 카드를 꺼내 프런트에 내려놓았다.

싱글 침대가 두 개 놓인 작은 방이었다. 시트가 지나치다 싶게 하얬다. 재훈과 나는 서먹하게 불을 켜고 방안으로 들어섰다. 거슬리지 않을 정도로 약하게 방향제 냄새가 났다. 바닥에는 두터운 카펫이 깔려 있었다. 저녁 내내 커다란 소리에 시달린 탓인지 마치 진공 속으로 들어온 듯 귀가 먹먹했다. 나는 물이 떨어지는 우비를 벗고 안쪽 침대 옆에 조심스럽게 가방을 내려놓았다. 오래되었지만 정성을 들여 관리한 데서 오는 기품이 있는 방이었다.

뜨거운 물 아래에 서자 뭉쳐 있던 근육들이 일순간 노곤하게 풀어졌다. 아직 옷을 갈아입지 못한 재훈이 아무래도 신경쓰여서 가능한 한 빨리 모든 과정을 마쳤다. 하수구에 걸린 몇 가닥의 머리카락을 치우고 욕실을 정리했다. 새 티셔츠를 입고 어메니티를 뜯어 로션을 얼굴에 담뿍 바르자 기분이 한결 나았다. 재훈은 테라스에 서서 담배를 피우고 있었다. 크림색 커튼에 가려져 있던 공간이었다. 그가 인기척에 나를 돌아보고 손짓했다.

뜻밖에 호텔에서는 P섬이 내려다보였다. 사위가 어두운 탓에 조명이 켜진 P섬이 더욱 선명했다. 지도에서 본 것과 마찬가지로 길쭉한 초승달 모양이었다. 그 꼬리 쪽에서 좀더 짙은 불빛이 흘러나왔다. 페스티벌 장이었다. 이따금 무대조명이 허공으로 쏘아올려지기도 했다.

쟤네 대단하다, 진짜.

응. 나는 이제 안 되나봐.

재훈이 연기를 길게 내뿜으며 고개를 양쪽으로 흔들었다. 그는 맥주 한 캔을 다 마시지 못하고 짧은 샤워를 마친 뒤 자기 침대 속으로 들어갔다. 그러고는 이불을 턱까지 끌어올렸다.

나는 테라스에 앉은 채로 맥주를 마시며 그가 잠드는 모습을 지켜보았다. 선선한 풀 냄새 끝에 비릿한 강 냄새가 실려오는 듯했다. 재훈이 낮게 코를 골았다.

재훈과 마지막으로 묵었던 곳은 인천공항 근처의 부티크 호텔이었다.

이제 나는 계속 밤을 건너가겠네.

재훈은 그날 그렇게 말했다. 흡연실 안에 들어찬 연기 때문에 그의 얼굴이 부옇게 흐려 보였다.

밤의 공항은 처음이었다. 비행을 기다리는 사람들이 벌써 지쳐버린 얼굴로 띄엄띄엄 의자를 차지하고 앉아 있었다. 이따금 체크인 마감을 알리는 건조한 목소리가 공항을 울렸다. 그와 나는 흡연실을 나와 그대로 헤어졌다. 나는 마지막 리무진 버스를 타야 했고, 재훈은 더 늦기 전에 출국장으로 들어가야 했다.

처음 만났을 때부터 그쯤으로 계획되어 있던 유학이었다. 연애를 하는 내내 느리지만 착실하게 유학 준비가 진행되었다. 그러니 리무진 버스에 올라탄 그때까지도 나는 슬픔을 느끼지 못했다.

재훈이 한 말의 의미를 깨달은 것은 다음날 아침이 되어서였다. 나는 그가 하룻밤을 더 결제해두고 떠난 호텔방에서 눈을 떴다. 그는 여전히 시차를 거슬러 밤하늘 속을 비행하고 있을 것이었다. 밤새 잠을 설치게 한 꿈이 눅진하게 달라붙어 몸을 무겁게 했다. 재훈이 썼어둔 흰 커피잔이 건조대 위에 놓여 있었다. 그가 가는 곳이 얼마나 먼 곳인지, 그때 나는 정확히 알게 되었다.

잠이 오지 않을 것 같다는 생각은 착각이었다. 에어컨 온도를 조절하고 침대에 몸을 뉘자 바람에 나부끼는 책장처럼 금방이라도 의식 저편으로 넘어가버릴 듯했다. 이불을 몸에 감고는 사이드 테이블로 손을 뻗어 스탠드를 껐다. 두 개의 침대 사이에 어둠이 내려앉았다. 재훈이 건너갔던 밤들과 내가 건너왔던 밤들이 모두 모인 것처럼 완전한 어둠이었다. 우리는 남매처럼 얌전히 잠으로 빠져들었다.

*

아일랜드 페스티벌은 예정대로 아침까지 진행되었다. 페스티벌 참가자들의 SNS 후기는 확연히 두 쪽으로 갈렸다. 주최측의 대처에 대한 분노가 들끓는 한편 어느 페스티벌보다 참가자들 간의 결속력이 대단했던 밤으로 평가하는 사람들도 있었다. 주최측은 텐트 대여료만 환불해주겠다는 공식입장을 내놓았다가 빈축을 샀다. P섬을 빠져나왔던 사람들을 중심으로 피해보상 소송 이야기가 번졌다.

식당에는 차분한 활기가 돌았다. 이국적인 성조가 여기저기서 울려퍼졌다. 지난밤엔 완전히 사라진 것처럼 보이지 않던 유커들이었다. 그들은 벌써 외출 준비를 마친 복장으로 활기차게 홀을 오가며 음식을 나눠 먹고 웃으며 대화를 나눴다. 카메라를 꺼내 서로가 밥을 먹는 모습을, 무심하게 창밖 정원을 내다보는 듯한 포즈를, 식탁 위의 음식을 찍었다. 이따금 해외여행을 하는 사람들 특유의 호기심을 눈에 담고 식당 내부를 두리번거리기도 했다. 한 여자가 식탁 사이를 뛰어다니는 아이의 팔을 붙잡고 입안으로 삶은 달걀을 밀어넣었다. 아이는 달걀을 도로 뱉어 손에 든 채 친구를 따라 다시 홀을 뛰기 시작했다.

재훈과 나는 창가 자리에 앉았다. 한 테이블 건너에 젊은 여자가 혼자서 아침식사를 하고 있었다. 여자의 발목까지 길게 내려오는 비치 원피스에 흙 얼룩이 져 있었다. 그녀는 어딘가 멍한 표정으로 창을 응시했다. 밤새 쏟아진 비에 깨끗이 씻겨나간 대기 속으로 고루 햇빛이 퍼져나갔다. 재훈과 나는 모닝 번과 잼, 버터, 정방형으로 잘린 과일들, 삶은 햄과 샐러드를 조금씩 먹었다. 커피는 너무 옅어서 거의 아무런 맛도 나지 않았다. 바닥의 흰 타일은 색이 바래 누런빛을 띠었다. 흘러나오던 음악은 드뷔시였다.

내가 짐을 챙겨 로비로 내려왔을 때 그는 더블 룸으로 방을 바꾸는 중이었다. 재훈은 P시에 와본 것이 처음이라고, 온 김에 좀 놀다 갈까 한다고 했다. 정문 앞에 관광버스가 멈춰 서더니 투숙객들이 줄을 지어 내려섰다. 재훈은 엉거주춤하게 선 채 나를 안아 어깨를 다독여주었다.

택시는 부드럽게 호텔을 빠져나와 점점 속력을 높였다. 경사진 도로를 지나자 다시 넓은 임지가 펼쳐졌다. 나는 창밖으로 고개를 돌렸다. 호텔은 더이상 보이지 않았다.

교대

교대 시간은 저녁 일곱시였지만 재희는 보통 한 시간쯤 여유를 두고 숙소를 나섰다. 행사가 없는 날 연수원은 고요했다. 텅 빈 건물이 내는 공명이랄까 기운 같은 것이 복도와 층계를 채우고 있었다. 재희는 슬리퍼를 끌며 걸음을 옮겼다. 열린 창으로 한여름 더위에 짓무른 식물의 풋내가 스몄다.

그는 올 초 한 기업의 편의점 사업부에 합격해 이곳으로 첫 발령을 받았다. 한동안 기약 없이 지방을 떠돌게 될 줄 모르고 입사한 건 아니었다. 영업부로 정식 발령을 받기까지 길게는 삼 년이 걸린다고 했다. 좋은 말론 매장을 직접 꾸려보며 영업에 대한 감각을 체득하는 과정이라 했지만, 업무는 아르바이트생의 그것과 다를 바 없이 잡다했다. 그 때문에 대기업치곤 그다지 선호되는 직종이 아니었는데, 재희가 대학을 졸업하고 몇 년째 면접의 문턱에서 허덕이는 사이 다 옛말이 되었다. 재희의 동기 중에는 해외유학과 금융사 인턴 경험, 두 가지 이상의 공인 인증 어학 점수로 무장한 이들이 수두룩했다. 수도권의 그저 그런 대학 출신에, 스펙이라곤 단정한 학점과 조금 높은 토익 점수밖에 없던 재희로선 재고 말고 할 것이 없는 셈이었다.

매장은 연수원을 등지고 한적한 도로에 면해 있었다. 근처 군부대의 지프 한 대가 재희의 곁을 빠르게 스치고 지나갔다. 맞은편은 태양광발전소였다. 완만한 언덕을 따라 일정한 간격으로 늘어선 패널이 사그라져가는 늦은 오후의 볕을 흡수하는 중이었다.

왜 벌써 나왔어요.

창고에서 재고를 정리하던 김이 재희의 기척에 허리를 폈다. 매장 스피커로 그가 틀어둔 영어 교습 프로그램이 흘러나오고 있었다. 외국인 강사는 유창하고 부드럽게 원문을 읽은 다음 더듬더듬 한국어로 해석을 덧붙이길 반복했다. 재희는 면장갑을 찾아 끼고 김에게로 다가갔다. 김이 빈 상자를 밖으로 밀어내면 재희가 받아 차곡차곡 접었다. 새로 닦은 바닥과 시식대는 물기를 머금고 있었고, 공기 중에선 옅게 소독약 냄새가 났다. 김은 본사에서 권장하는 청결 활동 매뉴얼을 완고하게 따르는 편이었다. 손님들의 손이 자주 닿지 않는 매대 아래쪽 상품을 매일 꺼내 닦았고 원통에 든

껌과 유제품 코너의 음료까지도 모두 로고가 한 방향을 향하도록 정렬했다. 천장에 달린 여덟 개의 전구를 정기적으로 교체해 일정한 조도를 유지했고, 분리수거가 끝나면 쓰레기통을 밖으로 꺼내 거품을 내 닦았다.

재희로선 할일이 줄어 고마운 한편, 뭘 그렇게까지 하나 싶어 때때로 마음이 불편했다. 김은 재희와 동갑이었지만 제대 후 곧장 고졸 3급 사원으로 입사해 연차로는 한참 위였다. 3급 사원인 것을 감안해도 아직 점장이면 좀 늦은 편이었다. 그간 몇몇 매장을 거쳐왔다는 김은 "모든 편의점엔 핵심이 있거든요"라고 시작되는 말을 하길 좋아했다. 그에 따르면 야구장과 유원지 앞 매장의 핵심은 닭튀김과 소프트아이스크림 기계에, 학원가 앞 매장의 핵심은 밸런타인데이 판촉행사의 하트 무늬 포장지와 아이들의 시선이 닿는 카운터 앞쪽의 젤리 배열에, 지하철 역사 내 매장의 핵심은 구강청결제와 비닐우산 재고 확인에 있었다. 핵심이 확실한 매장은 일하기에 따라 매출 개선 효과도 확실해서 인사 평가에 영향을 주기 마련이었다. 그에 비하면 이곳 매장은 특별한 매출 요인이 없었다. 주고객은 워크숍 일정으로 연수원을 찾는 본사와 계열사, 그리고 회사와 이런저런 하청 관계로 얽힌 몇몇 중소기업의 직원들이었다. 담배 판매량은 오피스 상권과 비슷했고, 식품 판매량은 어디와 비교해도 떨어졌다. 굳이 꼽자면 팬티가 좀 팔리는 편이어서 평균보다 많은 종이 구비되어 있었다. 노력한다고 해서 좋아질 구석은 없는데 흠 잡힐 일은 많았다. 슈퍼가 닫힌 밤늦은 시간에 상비약이나 소주를 사러 오곤 하는 동네 사람들도 연수원이 어떤 회사의 것인지 잘 알았다. 이십사 시간 불을 밝히고 선 편의점은 연수원의 간판처럼 보였다.

그래도 재희씬 저랑 상황이 다르죠. 이제 시작이고. 저도 대학 그만두지 말 걸 그랬어요.

대화 끝에 김이 우울하게 말할 때마다, 재희는 진심으로 위로하고 싶은 마음과 동정심을 들킬까 하는 걱정 사이에서 고민하다가 입을 다물었다.

서쪽이 산봉우리로 둘러싸여 있어 해는 금방 졌다. 재희는 외등 아래 시커멓게 쌓인 하루살이와 나방 시체를 쓸어 담았다. 교대를 마치고 숙소로 올라갔던 김이 2008년식 아반떼를 몰고 다시 나타났다. 올 때 들를게요, 창을 내려 소리친 그가 깜깜한 도로에 헤드라이트를 비추며 멀어져갔다. 재희는 도시락을 꺼내들었다. 한나절 자리를 채웠다가 조금 전 폐기된 상품이었다. 김이 신경써 닦아놓은 시식대를 쓰는 게 내키지 않아 야외에 플라스틱 테이블을 폈다. 햄에서 풍기는 오래된 기름 냄새에도 구미가 당겼다. 종일 아무것도 먹지 못한 참이었다. 돈가스는 꺼끌꺼끌했다. 숙소 냉장고에서 쉬어가고 있는 엄마의 생선조림과 무김치가 떠올랐다. 밥을 좀 해먹어야지, 마음을 먹어도 퇴근 후엔 주방으로 들어서기가 쉽지 않았다. 김은 자주 근처의 K시 시내로 나가 밥을 사 먹고 카페나 영화관에도 가는 모양이었다. 재희에게도 차가 필요했다. 특히나 이런 곳에서는. 재희는 틈이 날 때마다 휴대폰으로 학자금대출 상환기한을 확인하고, 새로 프로모션에 들어간 승용차가 있는지 알아보곤 했다.

지난주에는 미가 다녀갔다. 한번 오기로 약속했는데 몇 달째 좀처럼 시간이 맞질 않았다. 처음엔 주말 아르바이트생이 그만두는 바람에 재희가 매일 근무를 해야 했다. 미는 이교대, 그러니까 하루 열두 시간 근무를 한 달 내내 하고 있다는 재희의 말을 납득하지 못했다. 믿지 못했다기보단 믿고 싶지 않았을 것이다. 김과의 긴 회의 끝에 이웃의 다문화가정 학생을 채용했을 땐 미가 여동생의 졸업 기념으로 여동생과 함께 유럽 여행을 떠났다. 그간 가끔 서울에서 만나 데이트를 하긴 했지만, 미가 이곳에 온다는 건 재희에게 보다 의미 있는 일이었다.

숙소에 있던 재희가 전화를 받고 편의점으로 내려갔을 때 미는 콜라를 계산하는 중이었다. 네이비 원피스에 같은 톤의 단화를 맞춰 신은 산뜻한 옷차림과는 달리 미의 얼굴엔 피곤이 눌어붙어 있었다. 온종일 지하철에서 시외버스로, 다시 시내버스와 택시로 실려온 탓이었다. 미는 대뜸 창밖의 풍경에 대해 말했다.

청보리밭이라며.

아르바이트생이 미와 재희를 번갈아 봤다. 미처 숨기지 못한 호기심이 실린 눈길이었다. 재희는 미의 손끝을 따라 시선을 돌렸다. 길 건너의 커다란 태양광 패널이 창을 가득 메우고 있었다.

거짓말은 아니었다. 재희가 이곳에서 신입사원 연수를 받을 때만 해도 거긴 청보리밭이었다. 애초에 이곳을 첫 발령지로 선택한 것 역시 그 풍경 때문이었다. 재희는 서울내기였다. 평생을 서울에서 살았고, 양조부모와 비교적 왕래가 있는 친척들도 마찬가지였다. 기왕 지방에 가야 한다면 서울과 비슷한 소도시보다는 시골에서 지내보고 싶었다. 여태까지와는 다른 곳, 낯선 사람들과 몸을 스치며 체취를 섞을 일 없고 하루종일 유행곡을 듣지 않아도되는 곳. 재희가 의견을 전하자 인사 담당자는 창밖을 가리켰고, 거기 푸른 보릿대 위로 드물게 따뜻한 봄볕이 내려앉고 있었다. 일주일 만에 짐을 싸 들고 돌아왔을 때는 공사가 한창이었다. 곳곳에서 '마을 경관 다 망치는' '무분별한 대규모 사업 허가' 어쩌고 하는 플래카드가 나부꼈다. 포클레인이 오가며 언덕의 붉은 속흙을 다 까뒤집었다. 마을의 특산품이라는 머루에 대해 자랑을 늘어놓던 택시 기사는 재희의 시선을 눈치채고, 돈 버는 사람은 하나니까 그렇지 뭐, 세워놓기만 하면 다 돈이 된다던데, 무심히 중얼거렸다.

미와 재희는 앞뒤로 서서 갓길을 걸었다. 한쪽으론 끝없이 태양광 패널이, 반대쪽으론 드문드문 버섯 농장과 문 닫은 직판 가판

대가 이어졌다. 곧 땀이 줄줄 흘렀다. 연수원으로 돌아가 택시를 부르자 해도 미는 대답이 없었다. 재희는 왠지 모르게 미안했다가 곧 짜증이 났다. 이번에는 묻지 않고 콜택시를 불렀다. 기사에게 알려준 지점에서 한참이나 더 앞으로 나아간 뒤에야 택시가 나타나 그들 앞에 멈춰 섰다. 택시 안은 구원처럼 시원했다.

일단 숙소를 잡고 짐을 풀자.

미가 한참 만에 고개를 끄덕였다. 재희가 그, 저기, 어디 숙소가 있지 않나요, 더듬거리는 사이 미가 입을 열었다.

가까운 모텔로 가주세요.

늙은 기사는 백미러로 미를 흘끔 보더니 차를 돌렸다. 그곳에서 멀지 않은 군부대 근처에 모텔이 몇 개 있다는 걸 알았지만 재희는 아무 말도 하지 않았다. 차는 터미널을 향해 갔다. 번쩍번쩍한 모텔 골목에서 가장 깨끗해 보이는 곳을 골라 들어갔을 땐 해도 떨어지지 않은 시간이었다.

그날 미는 소주를 마시다 좀 울었고, 재희는 그게 자기 탓인지 아닌지 확신하지 못했다. 그들이 만난 이후로 미는 쭉 아랍계 항공사 승무원 준비를 해왔는데—종교 때문에 직업생활을 할 수 없는 자국 여성들 대신 폭넓게 해외 채용을 하는 거라고 했다—, 유가 하락 때문에 갑작스레 모든 게 중단되었다. 오일값이라는 게 어떤 힘에 의해서 움직이는지, 그게 아랍의 항공사에 어떤 영향을 미치는지 미도 재희도 정확히 알지 못했고, 그래서 언제 그 위기가 지나가는지 또 그것을 위해 어떤 노력을 해야 하는지도 묘연하기만 했다. 재희는 화장지를 손에 꼭 쥐고 계속해서 미의 얼굴을 닦아주었을 뿐 아무 말도 하지 못했다.

그래도 섹스는 했다. 그건 그날의 무엇 때문이라기보다는, 몇 해 전 둘이 호주에서 만나 함께 보냈던 시간들 덕분이었다. 재희와 미는 그때 온종일 낯선 언어에 치여가며 돈을 벌고 돌아온 서로를 위해 해줄 위로의 말이 얼마든지 있었다.

미는 밤새 틀어둔 에어컨 바람에 감기를 얻어 돌아갔다. 재희는 터미널 약국에서 산 종합감기약을 미의 손에 쥐여주었다. 버스에 올라탄 미가 재희를 향해 반듯하게 미소 지었다.

*

편의점에는 왕뚜껑이나 삼다수처럼 박스째 쌓여 있는 물건이 있는가 하면, 대학 노트나 살충제, 설거지용 스펀지와 코털 가위처럼 꼭 한 개씩만 두어 구색을 갖춘 물건도 있었다. 재희는 그 삼천 종의 상품을 이제 어렵지 않게 관리할 수 있었다. 매주 새로 들어오는 2+1 증정 행사 카드를 분류해 꽂고, 그것에 따라 매대를 새로 구성했다. 신상품을 검토해 발주 목록을 수정하고 자주 팔리는 상품의 주문량을 세심하게 늘렸다. 밤새 불을 밝혀놓고 가만가만 매대 사이를 걷다보면, 과연 이런 것도 팔릴까 싶은 물건이 눈에 띄었다. 그러나 때론 새벽 잠옷 바람으로 연수원에서 나온 어느 기업의 새내기가 풍성한 인조 속눈썹을 집어들거나, 길을 잘못 든 화물 트럭 기사가 캔커피와 함께 러브젤을 사갔다. 이런 게 편의점이구나, 그때마다 재희는 뭔가를 새로 배운 듯한 기분이 들었고, 기념 삼아 그 빈자리를 잠깐 남겨두고 싶었다. 하지만 한차례 물류 차량이 다녀가고 나면 자리는 다시 채워졌다. 편의점이란 또 그런 것이기도 하니까.

새로 배운 것 중엔 밤의 색에 관한 것도 있었다. 자정이 지나면 마을은 불빛 하나 없이 깜깜했는데, 달이 기울면서 하늘의 색도 좀더 검게 변했다가 푸르러졌다가 했다. 계절이 흘러가는 동안 일출이 빨라지고 다시 차츰 늦어지는 매일의 변화에도 예민해져서 재희는 창 쪽으로 고개를 돌리다가 문득문득 그것을 알아차렸다. 자신에게 있으리라고 상상해본 바 없는 동물적인 감각이었다. 어쩌면 재희가 요즘 통 숙면하지 못하는 건 그 변화 때문인지도 몰랐다. 언젠가 재희의 엄마가 늦도록 침대에 붙어 있는 그의 등을 내려치면서 잔소리했던 것처럼, 사람이란 밤에 자고 낮에 움직이도록 생겨먹은 것인지도.

그래도 재희는 성실하게 일했다. 가끔은 CCTV를 향해 얼굴을 돌려보기도 했다. 누가 보고 있나요, 묻듯이. 밤새 손님이 없어도 재희는 아침이면 화장실에 간다는 푯말을 걸어두고 나가 담배를 피웠다. 어디라도 눕기만 하면 곯아떨어질 것처럼 피로가 몰려왔다. 아침 볕이 재희의 맨발등으로 떨어졌고, 밤새 어둠에 싸여 있던 패널들도 빛을 받기 시작했다. 근처의 도시로, 좀더 많은 사람들이 빛을 필요로 하는 곳으로 에너지를 옮기기 위해서. 그것들은 꼭 같은 각도로 하늘을 향해 고개를 쳐들고 있었고, 그래서 때로 어떤 의지를 가진 것처럼 보였다. 곧 저편에서 김의 발소리가 들리기 시작했다. 아침 일곱시, 다시 교대 시간이었다.

휴가

병원에서 병원 냄새가 나지 않는 건 그곳, 네 평 남짓한 홍보실 뿐이었다. 직원들은 자주 환기를 하고 공기청정기를 가동하고 자리마다 디퓨저를 사 날랐다. 그런데도 집에서 주말을 보내고 월요일 아침 출근 준비를 할 때면 코트며 가방에 스민 냄새가 생경했다.

나는 그 냄새에 질색하면서도 자꾸만 골몰하게 됐다. 병원 냄새란 뭔가. 로비와 엘리베이터, 병실과 식당을 지날 때 냄새는 문득문득 구체화됐다. 소독 약품의 냄새, 노인들의 머릿기름 냄새와 살이 짓무르는 냄새, 조제실에서 약을 가루 내는 냄새, 카트에 담겨 각층으로 옮겨지는 밍밍한 음식들이 풍기는 냄새, 아픈 몸이 내뿜는 쓴 날숨과 플라스틱통에 담겨졌다 다시 오물처리실에 쏟아지는 소변의 냄새, 그리고 또다시 그 모든 것을 가리기 위해 사용되는 약품의 냄새. 지하 장례식장에서 막 빠져나온 사람들을 스칠 때면 그들이 옷깃에 묻혀온 향냄새를 맡기도 했다.

나는 책상 위에 늘어놓은 지갑이며 잡동사니를 에코백에 쓸어 담고 사무실을 나섰다. 그날도 병실에 잠깐 얼굴을 비치고 퇴근할 요량이었다. 할아버지가 근처 대학병원에서의 치료를 중단하고 이곳으로 옮겨온 지 열흘쯤 되던 날이었다. 할아버지는 지난겨울 폐렴을 한번 앓고 나서 때때로 사람을 알아보지 못하는가 싶더니 곧 식사량이 줄고 잠이 늘었다. 그러다 거의 곡기를 끊어 병원 생활을 시작했다. 검사실에 실려 다니는 동안 폐울혈, 호흡부전, 치매, 하는 식으로 진단명이 몇 개 따라붙기는 했지만 어른들은 구순 노인의 병증을 노환으로 뭉뚱그리며 죽음이 다가온 것을 덤덤하게 받아들이는 것 같았다.

할아버지는 늘 잠들어 있었고 잠깐씩 정신이 들 때에도 누가 오가는지 알아채지 못했다. 그럼에도 내가 짧게나마 문안을 거르지 못하는 건 할머니 때문이었다. 댁에서 쉬시라 달래보아도 그때뿐, 할머니는 두어 시간을 채 참지 못하고 돌아왔다. 아픈 무릎을 짚어가며 짊어지고 온 작은 배낭에서는 새로 다린 손수건과 간식이 나왔다. 할머니는 베개 위와 할아버지의 허리춤에 깔린 손수건을 새것으로 갈고, 할아버지가 곡기를 끊고서도 한동안 입에 대곤

했다는 두유와 사탕을 테이블 위에 부려놓았다. 그러고는 대부분의 시간을 휴게실 텔레비전 앞에서 보냈다. 병동을 오가는 의료진에게 폐가 되지 않으려는 나름의 노력이었을 것이다. 칠층의 집중치료 병동은 지속적인 관찰이 필요한 중환자들뿐 아니라 아직 병실을 배정받지 못한 노인들로 늘 붐볐다.

저녁 시간의 엘리베이터는 만원이었다. 환자들은 의사와 요양사의 만류에도 자주 바깥에서 밥을 먹고 돌아왔고, 이제 막 생업을 마치고 병문안을 왔을 방문객들은 하나같이 찌든 얼굴을 하고 있었다. 나는 귀퉁이에 바싹 붙어섰다.

도망치듯 엘리베이터에서 빠져나와 습관처럼 휴게실을 힐끗 살폈다. 빈 휴게실 텔레비전에서는 〈생방송 투데이〉가 흘러나오고 있었다. 리포터가 봄철 미나리 축제 소식을 요란하게 알렸다. 병실 입구의 버튼을 누르자 문이 열렸다. 멀리 할아버지의 병상 주변으로 흰 커튼이 빙 둘러쳐져 있는 것이 보였다. 할머니는 커튼에서 한 걸음 물러나 구부정히 서 있었다. 외삼촌이 당직의와 이야기를 나누고 있다가 병실에 들어선 나를 발견하고 곧장 가까이 왔다.

할아버지한테 인사드려라.

나직하지만 잔뜩 힘이 들어간 외삼촌의 목소리가 내게 그 함의를 알아차리기를 강요하고 있었다. 그때까지도 조용히 동태를 살피고만 있던 할머니가 먼저 커튼을 젖히고 안쪽으로 들어갔다. 할머니가 할아버지의 손을 잡아올리고는 아닌데, 주무시는데? 말하며 동의를 구하듯 외삼촌을 바라보았다. 외삼촌은 설핏 고개를 돌렸고, 그래서 할머니의 탁한 눈빛은 내 얼굴에 와서 멎었다. 나는 그 시선을 완전히 마주치지도 피하지도 못한 채 어정쩡하게 옆얼굴을 내어주었다.

그로부터 한참 뒤 내 부모가 병실에 나타날 때까지 나는 외삼촌이 권하는 대로 병상 곁에 서 있어야 했다. 할아버지의 얼굴은 어제저녁과 마찬가지로 너무 오래 쓴 가죽처럼 다 닳아버린 윤기로 괴상하게 반들거렸고, 그래서 할머니의 말처럼 그냥 잠에 든 것처럼 보였다. 주변 병상의 누군가가 미처 숨기지 못한 한숨을 끙, 내쉬곤 돌아누웠다.

지하 장례식장에는 모두 다섯 개의 빈소가 있었다. 할아버지는 101호 특실에 모셔졌다. 손님을 받는 홀이 일반 장례식장보다 두 배쯤 넓고, 부의금 접수 테이블이 거대한 신발장 뒤쪽으로 고상하게 숨어 있는 빈소였다. 빈소에 딸린 방에는 더블 침대 두 개와 소파가 있었다.

할머니는 병실로 모셔져 안정제를 맞고 잠이 들었고 그사이 나의 부모는 미리 촬영해둔 영정사진을 찾으러 조부모의 집에 갔다. 나는 하는 수 없이 홀의 구석자리를 차지하고 앉아 외삼촌이 여기저기 전화를 거는 모습을 지켜보았다. 널따란 좌식 식탁이 온통 끈적끈적했다. 아직 영정도, 상주도, 조문객도 도착하지 않은 넓은 빈소에 페이 닥터들과 임원들이 보낸 화환이 차례로 채워졌다. 외삼촌의 직계가족 장례는 아니었지만, 할아버지가 입원해 있는 동안 외삼촌이 자주 병실을 오갔으므로 으레들 사정을 알고선 성의 표시를 했으리라 짐작이 갔다.

내가 서울 생활을 정리하고 돌아와 병원 일을 시작한 것은 삼촌 덕분이었다. 지방도시의 요양병원은 대개 법의 사각지대에서 운영되었다. 의사가 아닌 이들이 의료법인을 세워 모은 돈으로 병원을 설립하고 또 의사를 고용했다. 소위 사무장병원 형태였다. 돈을 번 이사들은 또다른 의료법인과 병원을 세웠다. 방사선과 과장인 삼촌 역시 얼마간 돈을 내고 몇몇 병원의 이사 직함을 달았다. 십 년 새 시에서 가장 비싼 아파트로 이사를 하고 외제차를 끌고 다니던 삼촌이 무슨 일을 해왔는지 나는 그제야 정확히 알게 되었다.

나는 그곳에서 온라인 홍보를 맡았다. 병원 블로그에 게시물을 올리고 보도자료를 작성하고 지역 커뮤니티를 들락거리면서 댓글을 썼다—저희 어머님도 치매로 오래 투병중이세요. 그래도 시내에서는 거기가 제일 괜찮더라고요—. 중소 규모의 요양병원은 홍보팀을 따로 두기보단 광고대행사와 계약을 맺고 통째로 외주를 맡기는 것이 보통이었지만, 이사들이 꽂은 낙하산이 다소 뜬금없는 곳에 펴지는 일도 생기기 마련이었다. 내가 오기 전까지 홍보팀의 유일한 직원이었던 팀장 역시 재단 이사 겸 원무과장의 아들이었다.

근무를 시작하고 며칠이 지나자 팀장이 그간 어떻게 일을 진행해왔는지 분명해졌다. 그는 보도자료 작성을 비롯한 대부분의 작업을 외주했고, 주로 병원 블로그에 올릴 글을 쓰는 일에 열중했다. 지역의 국문과를 나와 학원강사로 오래 일한 경력을 살려 현학적인 표현과 한자 병기를 즐겨 했다. 그의 글을 읽을 때마다 닦아도 닦아도 깨끗해지지 않는 낡은 초록색 칠판과 여기저기 분필 가루를 묻히고 아이들을 다그치는 팀장이 눈에 선히 떠오르는 듯했다.

나는 그로부터 몇 가지를 배웠다. 병원에서 입김이 더 센 건 김원장이지만(다른 곳에서 이미 요양병원 운영에 참여하고 있던 그가 노하우를 가지고 개원을 주도했다고 했다) 병원 홍보를 위해 '겨울철 노인 건강 관리법' 같은 가짜 기사를 내보낼 때는 비교적 말끔한 외모를 가진 이원장의 프로필 사진을 쓴다는 것, 그럼에도 어쩌다 지역 방송국에서 촬영이라도 오는 날에는 김원장이 직접 검버섯 핀 얼굴에 비비 크림을 찍어 바르고 카메라 앞에 선다는 것. 뭐 그런 것들. 그러고는 사실 이런 지방 요양병원은 온라인 홍보가 아니라 지역유지들을 통한 입소문으로 굴러가는 거라며, 그는 자주 외근 핑계로 자리를 비웠다.

그러거나 말거나 나는 외주로 이루어지던 몇몇 일을 직접 맡아

하면서 시간을 보냈다. 대학을 졸업한 뒤로 쭉 근속하다 몇 달 전 그만둔 회사가 다름 아닌 홍보대행사였으므로 일은 따로 익힐 것이 없었다. 시간이 날 때면 포토샵으로 간단한 포스터 디자인도 직접 했다. 무엇보다 누구도 내게 지시를 하지 않고 업무 보고서를 쓸 필요도 없다는 점이, 하루에도 몇 번씩 쓸모없는 회의에 들어가 힘을 뺄 필요가 없다는 점이 마음에 들었다. 나는 아침이면 그날 할일을 정해 목록을 짜고 퇴근시간이 될 때까지 하나하나 해치웠다. 선크림밖에 바르지 않은 맨얼굴에 안경을 끼고, 일주일 내내 같은 티셔츠를 입고 출근해도 아무도 신경쓰지 않았다. 전 회사에 다니며 사 모았던 원피스와 백들은 아직도 이사 박스 밖으로 나오지 못한 채 잠들어 있었다. 이것이 바로 낙하산이구나, 나는 조그만 병원의 조그만 사무실에서 자주 알량한 권위의식을 느꼈다.

곧 아주머니들이 음식이 든 커다란 카트를 홀에 부려놓았다. 근조화환 리본에 적힌 낯선 이름들과 삼단으로 쌓인 국화꽃, 그리고 병원의 다른 충과는 또 다른 장례식장 특유의 냄새에 기시감을 느꼈다.

또 여기군, 나는 그렇게 생각했다. 외삼촌이 병원에 있는 한 앞으로 더 많은 장례를 이곳에서 치르게 될 거라는 예감이 곧이어 따라왔고 그 생각이 끔찍해서 반사적으로 인상이 찌푸려졌다.

휴가 처리 해됐다.

홀 저편에 앉아 안경을 벗어두고 마른세수를 하던 외삼촌이 문득 생각난 듯 내 쪽을 향해 외쳤다.

*

개는 현관으로 뛰어나와 마중하는 대신 낑낑 소리를 내 자신의 위치를 알렸다. 나는 안방으로 가 침대 위에 누운 개를 부드럽게 안아 내렸다. 개는 자기 코를 거듭해 핥으며 내 발치를 맴돌았다. 자기 키보다 몇 배는 높은 침대며 테이블에도 풀쩍 뛰어오르고 뛰어내리던 개는 늙으면서 엄살이 늘었다. 개가 올라가길 좋아하는 곳마다 반려견용 계단을 설치하고 러그를 깔아두었는데도, 개는 누군가 집에 있을 때면 응석을 부려 도움을 청하기를 더 좋아했다. 마른 몸에 줄무늬 티셔츠를 입은 개는 아직도 언뜻 어리게 보였다. 나는 싱크대 서랍에서 마른 연어 간식을 꺼내 바닥에 던졌다. 개가 그것을 물고 부들부들한 발닥개 위에 자리를 잡았다. 나는 식탁에 앉아 개가 앞발로 간식을 고정하고 잘근잘근 씹어대는 모습을 지켜보았다.

내가 열여덟이 되던 해에 분양받은 개였다. 아무래도 엄마는 충동적으로 개를 데려온 것 같았다. 우리가 종종 산책 삼아 걷던 집 주변의 애견숍에서 오십만원을 주고 샀다 했다. 분유를 먹이면 금방 묽은 똥을 흘릴 만큼 어린 개였다. 그렇게 어린 개를 어미한테서 떼와 사고팔면 안 된다는 의식도 그땐 드물었다. 몇 달이 지나도록 개는 꾸벅꾸벅 졸기만 했다. 물에 불린 부드러운 사료를 먹다가도 접시에 얼굴을 박았고, 장난을 치느라 내 손에 몸을 던져오다가도 까무룩 잠에 빠졌다. 나는 주말이면 잠든 개를 무릎에 올려놓고 고불거리는 털을 끝없이 쓸어내리며 영단어를 외웠다. 엄마 역시 개가 다가와 얼굴을 핥으면 와 웃음을 터뜨리는 사람이었지만, 어떻게 목욕을 시켜야 개의 코에 물이 들어가지 않는지, 언제 보상 간식을 줘야 하는지, 산책을 시킬 때 리드 줄을 어떻게 다뤄야 하는지 아는 것은 나였으므로 개는 나를 더 따랐다. 대학으로 떠나기 전까지 일 년 남짓한 시간이었다.

서울 생활을 정리하고 돌아온 것은 십이 년 만. 개도 그만큼 늙어 처음 집에 왔을 때만큼이나 잠이 늘어 있었다. 나는 작년에 부모가 새로 이사한 아파트에 적응하기 위해 개의 도움을 좀 받았다. 출근하는 부모를 배웅한 뒤에 개와 함께 단지를 돌며 짧은 산책을 했다. 그리고 상가에서 커피를 한 잔 사서 집에 돌아왔다. 내가 나고 자란 오래된 주공 아파트와는 달리 벽면이며 싱크대에 짙은 색이 사용된 곳 하나 없이 온통 하얀 집이었다. 매끈한 대리석 바닥으로 종일 빛이 들었다. 낯선 지역의 호텔방에라도 들어온 듯 서먹하고 나른했다.

개는 나름의 루틴을 따라 움직였다. 집에서 햇볕이 가장 잘 드는 곳을 찾아 오전에는 거실 창가로 가서 몸을 둥글게 말았고, 오후에는 안방 침대 끄트머리에 누워 일광욕을 했다. 나도 개를 따라다니며 몸을 뉘었다. 개와 서로 몸이 맞닿은 곳에 은근한 온기가 퍼졌고, 곧 졸음이 몰려왔다. 문득 깨어 오줌을 누고 화장실에서 나오면 어느새 개도 일어나 까득까득 사료를 씹고 있었다. 그러고는 다시 침대로 돌아와 내 몸을 파고들었다. 볕 아래 맨얼굴을 내놓고 긴 잠을 잔 탓에 몇 달 사이 얼굴에 기미가 가득 끼었다.

애초에 외삼촌 병원에 자리를 만들어놓고 한 귀향이었으나, 엄마도 아빠도 나를 좀체 다그치지 않았다. 그 배려가 외려 서먹해서 나는 그들이 저녁을 먹고 텔레비전 앞에서 쉬는 동안 내 방에 숨어 있었다. 그들이 양치를 하고 텔레비전을 끄는 기척이 들리면 슬그머니 거실로 나갔다. 그리고 텀블러에 잔뜩 물을 받아 마시곤 기지개를 켰다.

새벽 두세시 무렵이면 개는 선잠에서 깨어 낑낑, 옅은 소리를 냈다. 잠든 부모가 듣지는 못할 만큼 작은 소리였지만, 불 꺼진 거실에서 혼자 우두커니 시간을 보내던 나는 곧잘 신호를 알아챘다. 손잡이를 조심히 돌려 한 뼘 문을 열면 개는 거실로 비척비척 걸어나와 나를 빤히 올려다보았다. 너 뭐하니? 묻는 듯한 얼굴로. 그럴 때면 개는 모든 것을 다 알고 있는 것처럼 느껴졌다. 내가 십여 년 전 저를 무릎에 얹고 한나절을 보내곤 하던 그 사람이라는 것도, 앞으로는 나와 함께 사는 일에 다시 익숙해져야 한다는 것도, 그리고 거기에 깃든 모든 사정까지도.

그날도 개는 밤중에 조용히 침대를 벗어났다. 오늘은 안 올 거야. 우리 둘이 있어야 해. 나는 설득하듯 말했다. 개는 현관 쪽을 한참 응시하다 흥, 콧김을 한 번 내쉬고는 잘 채비를 하듯 몸을 뒤척여 자세를 잡았다. 나는 이제 듬성듬성 털이 빠져버린 개의 등을 천천히 쓰다듬었다. 다시 진득한 잠이 몰려왔다.

*

엄마의 핸드백 중 가장 큰 것을 찾아 들고 다섯 장의 수건과 클렌징 폼, 아빠의 면도기와 넥타이, 그리고 두 사람의 속옷을 챙겨 담았다. 느리게 샤워를 하고 나와서도 선뜻 집을 나설 기운이 나지 않았다. 나는 캡슐 커피를 내리고 베란다로 나갔다. 평일 낮의 아파트 단지는 현실감이 들지 않을 정도로 느리고 눈부셨다. 저쪽에서 슬리퍼를 신은 여자가 유아차를 밀며 걸어오고, 야쿠르트 아줌마가 손님과 화단 턱에 나란히 앉아 긴 수다를 떨고, 초등학생 아이들이 가위바위보로 순서를 정해 차례로 전동 킥보드에 올라탔다. 그들 위로 올봄 드물게 맑은 대기가 내려앉고 있었다.

나는 더는 미룰 수 없는 시간이 되어서야 겉옷을 챙겨 입었다. 개의 밥그릇을 새로 씻어 사료를 넉넉히 붓고 물그릇도 채웠다. 개가 고개만 들어올려 빤히 눈치를 살폈다.

병원 중심의 메인 엘리베이터로도 장례식장에 내려갈 수 있었지만, 조문객들은 대부분 병원 옆 귀퉁이에 난 장례식장 전용 출입구를 이용했다. 밤낮 할 것 없이 늘 몇 사람은 그 주변에 놓인 재떨이를 둘러싸고 서서 이야기를 나누고 있었다. 나는 매일 아침 출근길에 못 본 척 고개를 돌리곤 했던 장례식장 간판 아래로 걸어들어갔다. 계단을 다 내려가자 망자와 상주의 이름, 망자가 모셔진 빈소를 알리는 스크린이 보였다.

평일 오후여서 아직 조문객은 많지 않았다. 이미 은퇴를 했을 법한 나이든 먼 친척 어른들만이 넥타이를 느슨하게 푼 채 한 테이블을 차지하고 앉아 있었다. 술잔이 자주 오갔다. 조문을 왔다기보단 오랜만에 모여 회포를 푸는 듯한 분위기였다. 군기 든 얼굴로 빈소 입구에 서 있던 사촌 형부가 알은체를 했다. 나는 빈소에 들어가 큰아버지와 아빠에게 눈으로 먼저 인사한 뒤 향을 피웠다. 피로로 무너진 그들의 얼굴이 낯설었다. 안쪽에 큰어머니 계신다, 하고 아버지가 작은 목소리로 일렀다.

방안은 사촌 조카들로 왁자했다. 큰어머니는 내게 할아버지 어제 뵀다며? 네가 고생했네, 하고 말을 건네면서도 종종거리는 막내 조카의 말랑한 얼굴 때문에 웃음을 숨기지 못했다. 몇 마디 대화가 더 오가고 군데군데 침묵이 스미는 동안 어린것들의 재롱이 어색함을 덜어주었다.

다들 몰려오기 전에 저녁 먹어야지. 먹기 싫어도 한술 떠야 일을 하지.

큰어머니가 문득 그렇게 말하며 자리를 털고 일어섰다. 사촌언니가 비닐에 포장된 상복 한 벌을 말없이 내게 건네고 어깨를 툭툭 쳤다. 그러고는 나를 방안에 남겨두고 홀로 나갔다. 나는 흰 리본 핀과 원피스로 된 검은 상복을 그냥 침대 위에 올려두었다.

엄마는 홀 구석자리에 외삼촌 내외와 함께 앉아 있었다. 외숙모는 자기가 다니는 교회 사람들 이야기를 구구절절 늘어놓고 또 혼자 웃기도 하면서 연신 엄마의 어깨를 쓸어내리고 손을 만지고 했다. 내가 다가가자 이번엔 나를 반대쪽에 앉히고는 엄마에게 한 것과 같이 이리저리 만지고 쓸었다.

살이 내렸네. 일이 힘든 거 아냐?

아녜요. 힘든 거 하나도 없어요.

나는 머쓱하게 웃었다. 건너편에 앉은 외삼촌이 서울에서 회사 다녔는데 알아서 하려니 나는 간섭도 안 하네, 어쩌고 하며 몇 마디를 거들었다.

큰어머니의 말대로 저녁 시간이 다가오자 조문객이 들이닥치기 시작했다. 조문을 마친 사람들이 차례로 홀에 앉았고, 도우미 아주머니들이 쟁반에 미리 나눠 담아둔 반찬이며 마른안주를 나르기 시작했다. 엄마가 자리에서 일어나려고 하자 외숙모가 팔을 끌어 다시 앉혔다.

홀에 들어선 몇몇 어른들이 우리가 있는 쪽으로 다가와서 엄마에게 눈인사를 건네고 소곤소곤 몇 마디 위로의 말을 했다. 엄마는 멋쩍게 웃으며 그들의 인사를 받았다. 오촌 아재들의 곁에 자리잡고 앉아 있던 할머니가 곁눈으로 그걸 다 보고 있었다. 몇 번 할머니와 눈이 마주쳤다.

할머니가 자리에서 일어나려고 바닥을 꿍 짚자 옆에 앉아 있던 아재가 일어나 부축했다. 할머니는 내 뒤쪽으로 슬그머니 다가와 옷자락을 살짝 잡아당겼다.

이리 좀 오너라.

할머니는 그렇게 말하고 사람이 없는 구석자리로 종종 걸었다. 나는 도움을 청하듯 엄마를 바라보았다. 엄마는 별수 있겠냐는 듯 어깨를 으쓱하고는 가봐, 했다.

할머니는 비스듬히 앉은 나를 자기 쪽으로 돌려놓고 얼굴이 닿을 듯 내 무릎을 가까이 끌어당겼다. 할머니가 조물조물 말려들어간 입술을 열었다.

네 오빠는 그래, 뭘 잘못해서 큰집에 들어갔냐.

할머니의 탁한 눈이 징그러웠다. 늙고 병든 얼굴에 떠오른 의문과 분노가 역겨웠다. 왜 하필 그런 생각을 했을까? 노인네가 할일없이 집에서 텔레비전만 보니까, 뉴스에서 흘러나오는 온갖 범죄 이야기를 들으니까.

지난 설에도 할머니는 오빠가 해외여행을 갔다는 아빠의 말에 콧방귀를 뀌었다. 벌써 이 년째 해외여행이다, 회사에서 급하게 근무가 잡혔다, 오랜만의 휴일이라 친구들과 놀러갔다, 하는 말을 들어왔으니까. 할머니는 그날도 나를 주방으로 잡아끌었고 같은 질문을 했다. 나는 전이 담긴 소쿠리와 탕국 냄비 사이에 쪼그리고 앉아 좀 울었다.

할머니를 위해 좀더 그럴싸한 변명을 지어내자면 얼마든지 그럴 수도 있었을 것이다. 하지만 우리는 그러지 못했다. 그냥 그때그때 되는대로 얼버무리는 쪽을 택했다. 왜냐하면 그러기 위해 머리를 굴리는 것은, 머리를 맞대는 것은 너무 수치스러운 일이니까.

맞다. 수치. 어떤 상실은 수치를 남긴다. 그날 이후로 나와 부모는 자주 수치를 느꼈다. 밥을 너무 잘 먹어서, 밤에 너무 잘 자서, 나도 모르게 웃음을 터뜨려서, 주말에 운동을 하고 건강한 하루를 보내서, 오랜만에 모임에 나가고 싶어져서, 적금 상품의 이율을 따져보며 오래도록 고민을 해서, 또 노친네들에게 자꾸만 거짓말을 해야 해서. 나와 부모는 그래서 때로 서먹했다. 예전처럼 거실에 아무렇게나 모여 앉아 리모컨 쟁탈에 욕심을 내고, 나오는 대로 북북 방귀를 뀔 수는 없는 것이었다.

그래서 곧잘 누군가를 미워하게도 됐다. 내가 헛소리를 해대는 할머니를 미워하거나, 엄마가 오빠의 발인에 오지 않은 큰어머니를 미워하는 것처럼.

외숙모는 들통에 끓여온 전복죽을 일회용 그릇에 가득 나눠 담고 있었다. 그러면서 연신 애교 섞인 목소리로 투정했다. 내가 이거 하느라 하루종일 걸렸다, 새 칫솔을 사서 전복을 문질러 씻고, 내장을 따로 떼내서 다지고, 참기름이 모자라서 옆집에서 빌리고. 아 참 우리집 참기름은 우리 엄마가 시골에서 다 짜서 보내준 기름이야, 어떤 사람들은 깨는 중국산이나 한국산이나 같다고 하는데……

형님 먹으라고 끓여왔다니까.

외숙모는 손사래를 치는 엄마 앞으로 그릇을 밀어놓고 억지로 플라스틱 숟가락을 쥐여줬다. 나 역시 식욕이 일지는 않았지만 막상 뜨거운 그릇을 받아들자 깨끗하고 고소한 냄새가 반가웠다. 할머니와 나의 부모와 외숙모와 외삼촌이 나란히 앉아 말없이 그것을 먹었다.

이 년 전 이곳에서 물 한 모금 삼키지 못하는 부모를 앞에 두고 파전을 우물거리던 먼 친척의 입을 끓는 증오로 바라보던 나는, 먹어야 한다는 외숙모의 추임새를 들으며 숟가락을 재게 움직였다. 한 그릇을 다 먹을 수가 있었다.

*

새벽녘 부모는 나 때문에 잠깐 싸웠다. 짜증과 호소를 서로에게 전하느라 생긴 다툼이었다. 나는 들리지 않는 척 등을 반쯤 돌리고 누워 귀를 기울였다.

손주라고는 그나마 사촌과 나뿐인데, 게다가 아침이면 곧 발인인데 자리를 좀 지켜야 하지 않겠느냐는 아빠의 의견도, 웃다가도 문득문득 어두워지는 내 얼굴을 곁눈질하던 엄마의 걱정도 나는 이해가 됐다. 그래서 서러웠다. 누가 달래줄 때 더 크게 울음을 터뜨리는 일곱 살짜리처럼. 그래도 아들 없이 장례를 치르는 아빠의 마음에 편을 들어야 할 것 같았다. 나는 애가 아니고 서른둘이었으니까. 그렇지만 결국에 나는 엄마의 호의에 기댔다. 마지막으로 투정을 부리는 마음으로, 잠깐만 쉬고 오겠다고 했다. 나는 아주 피곤했고 혼자 현관 타일에 엎드려 있을 개 생각이 자꾸 났다. 오늘은 아무도 안 올 거라고 반복해 일러두었지만, 제대로 알아들었는지 알 수 없는 노릇이었다.

나는 아파트 단지 앞에 택시를 세우고 편의점에 들어가 맥주를 샀다. 네 캔에 만원씩, 이만원어치의 맥주를. 손목에 건 비닐이 묵직했다. 회사를 그만두기로 마음먹은 무렵부터 나는 혼자 많이 마셨다. 그때 주량이 늘었다. 처음에는 네 캔을 한 번에 사야 할인이 되니 냉장고에 넣어두고 하루 한두 개씩 꺼내 마셨는데, 별달리 할일 없이 혼자 보내는 저녁은 막막하도록 길었고 나는 절제력이 약했다.

어딘가 여행이라도 갈까, 해서 퇴사를 생각한 것이었다. 대학 시절처럼 혼자 호젓이 한두 달 떠도는 시간이 간절했다. 유럽이든

남미든 좋았다. 어차피 늘 이직 생각이 있었으므로 여행을 다녀
와서 이력서를 넣으면 될 것 같았다. 매일 저녁 맥주를 마시며 먼
도시의 이름을 검색하고, 닥치는 대로 여행기를 읽어나갔다. 그
런 끝에 어쩐지 나는 어디로도 떠나고 싶지 않다는 결론에 도달했
다. 호스텔에서 다른 여행자를 만나 사는 이야기를 나누는 사람들
의 모습에도, 혼자서 여유롭게 호텔 조식을 먹고 말끔한 차림으로
도시를 거니는 사람들의 모습에도 나를 대입할 수가 없었다. 자신
이 없었다. 더이상 나는 낯선 누군가에게 선뜻 다가갈 수 있는 사
람도, 그렇다고 혼자 장관을 구경하고자 비행기를 갈아타고 몇백
킬로미터를 날아갈 수 있는 사람도 아니었다. 나는 그것을 아프고
덤덤하게 받아들였다. 그렇다고 달리 할일이 있는 것은 아니었으
므로, 나는 정말 퇴사 날이 다가오기만 하면 당장이라도 티케팅을
해 떠날 것처럼 인터넷을 들여다보는 일을 멈추지 않았다.

　잠들기 전에 네 캔을 마시는 것이 기준이 되고, 아주 내키는 날
엔 여섯 캔 정도를 마시기 시작했다. 밤중에 편의점에 다시 갔다
오는 게 무섭고 귀찮아서 매일 퇴근길 이만원어치의 맥주를 사게
되었을 무렵, 문제가 있다는 생각을 하긴 했다. 호프집에서 오백
네다섯 잔을 비웠다고 대충 퉁쳐보자면 그럴 수 있다 싶었지만 역
시 이 리터를 마셨다고 생각하면 놀라웠다. 친구들과 안주를 권해
가며 긴 이야기 틈틈이 마시는 네 잔과 혼자 안주도 없이 마시는
네 캔이 같을 리도 없었다.

나는 수치심 때문에 좀 쪼잔해져서 그 무렵 친구들을 거의 만나지 않았다. 이제는 잘잘못을 떠나 서로의 상황을 좀더 너그럽게 이해할 수 있지만 그때는 아니었다. 모두 크고 작게 미웠다. 조산기가 있어 장례에 못 왔다던 대학 시절 베프를, 그애가 낳은 딸의 못생김을 마음속으로 비난했고, 장례식에서 다른 친구에게 염은 제대로 되나? 그렇게 죽으면 엉망이라던데, 소곤거린 친구를 자다 깬 새벽에도 증오했다. 그 일이 있고 처음 모인 자리에서 얼마 전 헤어진 남자친구 이야기를 한 시간가량 늘어놓으며 눈물을 글썽인 친구와도 역시 멀어지고 말았다. 내가 잘못한 경우도 많았다. 회사에선 어떻게든 정신을 차렸지만, 집에 오면 모든 게 막막하고 귀찮았다. 뒤늦게 소식을 듣고 어렵게 긴 문자를 보내온 친구에게 나는 답장하지 않았고, 오래 준비한 시험에 붙은 친구도 축하하지 못했으니까. 여하간 그런 식으로 해서 나는 그 무렵 아무도 만날 수 없는 상태가 되어 있었다.

며칠만 분리수거를 놓쳐도 빈 맥주 캔이 잔뜩 모였다. 그걸 내다버리다 누굴 마주칠까 무서워서 그냥 베란다에 처박았더니 어느새 발 디딜 틈 없게 되어버렸다. 아침이고 저녁이고 나는 커튼 너머로 날이 갈수록 커지기만 하는 캔 산을 아득하게 마주해야 했다.

엄마가 오기로 한 날을 잊지 않았다면, 그래서 캔 산을 모두 처분하고 말끔한 생활을 계속 연기할 수 있었다면 나는 또 어떻게 지내고 있을까 가끔 생각한다. 엄마는 내가 회사에 가 있는 동안

빈집의 문을 열고 들어와 캔 산을 마주했을 것이다. 그리고 그것들을 하나하나 발로 밟아 김장 봉투에 담고 묶었다. 냉장고에서 썩어버린 반찬과 눅진한 기름을 뿜어내며 상해가던 소시지, 부풀어오른 오래된 우유팩도 모두 꺼내 버리고 곳곳에 놓인 재떨이를 비웠다. 나는 인수인계 때문에 하필 하지도 않던 야근을 하는 중이었다. 집에 돌아오니 엄마는 벌써 떠나고 없었다.

나는 내 긴긴 거짓말의 세월이 허무해져서 엄마에게 전화를 걸어볼 엄두도 내지 못했다. 엄마는 며칠이 지난 어느 날 평소처럼 전화를 걸어와 안부를 물었고, 말끝에 무심하게 혹시 내려오고 싶으면 내려와, 엄마랑 살아도 되잖아, 하고 덧붙였다.

*

엄마는 새벽에 집에 들러 거실 소파에서 잠든 개와 내 몸 위로 담요를 덮어주었다. 그 기척에 깨어난 개가 내 품을 빠져나가 꼬리를 흔들며 엄마에게 달려들었다. 어둠 속에서 알아차릴 듯 말 듯 푸른 여명이 퍼지기 시작하는 시간이었다. 나는 부스스 일어나 앉아 엄마가 샤워를 하고 머리를 말리는 소리를 들었다. 소파 앞 티 테이블에 잠들기 전 마신 맥주 캔과 조미김 봉투가 어지럽게 널려 있었다. 그것들을 하나하나 집어들어 다용도실의 분리수거함으로 옮겼다. 말끔하게 화장까지 새로 하고 거실로 나온 엄마가, 아휴 개운해, 말하며 내 곁에 앉았다.

할머니가 다 알았어. 그 아재들이 지난번에 여기서 장례를 할 때는 이랬다느니 저랬다느니 자기들끼리 말을 했는데 할머니가 지나가면서 안 들리는 척 그걸 다 들었는지 걸음이 한참 느려지더라. 그러더니 혼자 빈 테이블에 가서 앉는 거야. 엄마는 딱 봤지. 앉아서 아빠 있는 쪽을 한참 쳐다보는 걸. 노인네, 그러고도 기색을 안 하더라. 나한테든 누구한테든 되물어보지도 않고, 까무러치지도 않고.

나는 한참 만에 입을 열었다.

아무튼 할머니는 보통 아니야.

그래. 너네 할머니 보통 아니다. 옛날부터 그랬어. 무슨 일이 있어도 입을 꼭 다물고.

엄마는 품에 안긴 개를 연신 쓰다듬었다. 개가 자꾸만 일어나 엄마의 입가를 핥았고, 그뒤엔 엄마가 물티슈를 뽑아들고 화장이 지워지지 않도록 그 부근을 꾹꾹 눌러 닦았다. 엄마는 문득 생각난 듯 늦겠다, 말하며 핸드백을 챙겨 자리에서 일어났다.

너도 얼른 씻고 전화해. 술냄새 난다. 해장하고 와.

개가 현관까지 엄마를 배웅했다. 그러고는 닫힌 현관문을 긁어대며 답지 않게 큰 소리로 짖었다. 문 너머에서 엘리베이터를 기다리고 있을 엄마를 향해서. 아무리 늙은 개라고 해도, 이런저런 상황에 익숙해졌고 또 그만큼 똘똘해져 여우같이 구는 개라고 해도 싫은 건 싫은 것이다. 이렇게 오랜만에 들어와서 이렇게 빨리 가버리는 게 말이 되냐, 이런 법이 어디 있냐, 따지고 싶은 것이다. 나는 잠자고 있을 이웃들을 걱정하면서도 짖는 개를 그대로 내버려두었다.

할아버지는 시립 추모공원에 모셔졌다. 오빠가 있는 곳과 같은 장소였는데, 실내 납골당에 안치된 그와는 달리 할아버지는 야외에 배정을 받았다. 안내를 맡은 직원이 앞장서고 아빠와 큰아버지, 엄마와 큰엄마가 차례로 뒤를 따랐다. 나는 작은할아버지와 육촌 어른들 틈에 섞여 할머니를 부축했다. 잔디가 자라난 언덕배기 위로 탑처럼 생긴 구조물들이 촘촘하게 늘어서 햇빛을 받고 있었다. 구조물마다 각기 여덟 개의 안치단이 마련되어 있는 게 보였다. 직원이 잔디에 무릎을 꿇고 앉아 비어 있던 맨 아래 안치단의 나사를 풀어내자 유백색 뚜껑이 떨어져나왔다. 안치단 안쪽에 가림막으로 나뉜 두 개의 칸이 있었다. 할아버지의 유골함은 큰아버지의 손에서 직원의 손으로 전해져 오른쪽 칸에 들어갔다. 직원이 하는 모양새를 하나도 놓치지 않겠다는 듯 고개를 들이밀고 지켜보던 할머니가 나머지엔 내가 들어가는 모양이네, 꼭 아파트처럼 여러 사람이 같이 있네, 하고 말했다. 위쪽의 다른 안치단 중에는 양쪽 모두에 이름표가 붙은 것도, 한쪽에만 붙은 것도 있었다. 큰아버지는 안치단의 위치를 잊지 않으려는 듯 구조물 위에 붙은 일련번호와 주변 경관을 휴대폰으로 연신 찍었다.

이름표는 일주일 안에 붙을 겁니다. 안치단 번호는 추모공원 입구에서 고인의 이름으로도 검색 가능합니다.

직원이 드라이버를 다시 챙겨넣으며 말했다. 그가 멀어져가자 담당 장례사가 이로써 모든 장례 과정이 끝났음을 알렸다.

가족들의 얼굴에서 먹먹함과 함께 깊은 해방감을 어렵지 않게 읽을 수 있었다. 밤을 꼬박 지새우며 끝없이 손님을 맞아들이고, 여러 차례의 복잡한 제사를 올리고, 또 화장장으로, 마침내 이곳으로 실려오는 동안의 피로가 해낸 일일 터였다.

모두 쉽사리 자리를 뜨지 못하고 주변을 돌아보고 하던 때에 큰아버지가 가자, 말했다. 좀 뒤에서 지켜보고 있던 친척 어른들이 그제야 가까이 다가와 마지막으로 할아버지의 안치단 위로 손을 한번 대어보며 인사를 전했다. 할머니는 가족들이 먼저 출구로 걸어가는 동안 마지막까지 그곳에 남아서 주변을 한번 더 둘러보았다. 그러더니 내 팔을 붙잡고 우리도 이제 가자, 덤덤히 말했다.

장례 버스 안에선 모두가 말없이 각자 떨어져 앉았다. 나는 창가에 머리를 기대고 있는 엄마의 곁으로 갔다. 이곳에 와서야 몰래몰래 눈물을 닦던 엄마였다. 내가 엄마 손을 잡자 엄마도 손에 힘을 줬다.

창밖으로 오빠가 있는 본관 건물 귀퉁이가 보였다. 고향에 내려온 뒤 꼭 한 번 혼자 이곳에 와본 적이 있었다. 부모에게 말하지 않고 몰래. 시내에서 꽤 떨어진 탓에 지하철과 버스를 여러 번 갈 아타야 했다. 그날엔 돌아갈 때까지 울지 않았다. 부모는 매번 이 곳에 도착해 매점에서 국화 다발을 사는 순간부터 울기 시작했으 니까. 그럴 땐 따라 울지 않을 재간이 없었으니까. 꽃에는 항상 리 본이 달려 있었고, 왼쪽에 고인의 이름을 적고 나면 오른쪽에도 무엇이든 써야만 했다. 나는 부모를 울게 하기 싫어서 일부러 '편 히 쉬기를'처럼 격식 갖춘 문구 대신 그냥 '안녕' 하는 인사를 대 충 휘갈겨보기도 했지만 소용이 없었다.

혼자 왔던 날엔 꽃다발 대신 이천원짜리 국화 한 송이만 샀다. 그리고 오빠가 자주 가던 동네 버거킹에서 포장해온 와퍼 세트를 풀어놓고 오래 앉아 있었다. 거기 오빠가 있다고는 전에도, 그날도 생각하지 않았다. 다만 거기 있다고 믿어보면서 그의 생각을 아무 죄책감 없이 오래도록 떠올려보는 순간이 나에겐 간절했다. 그걸 그날 알았다. 아빠는 우리가 안치단 앞에서 머무는 시간이 너무 길 어지지 않도록 늘 재촉하는 편이었다. 엄마의 울음소리가 커지면, 남은 사람이 그렇게 애타하면 떠나질 못한대, 하며 그녀의 등을 떠 밀기도 했다. 그날엔 서두르지 않고 처음으로 건물 곳곳을 돌아다 니면서 다른 안치단을 살펴보고 구경하고 했다. 이곳 추모공원의 안치단은 유리가 아닌 화강암 뚜껑으로 막혀 있어 안쪽이 들여다 보이지 않았다. 사진이나 가져온 선물 같은 것을 넣어둘 수도 없었 다. 시립 공원이니 관리의 효율성을 위해 그리한 것이겠지만, 매정하다는 느낌은 어쩔 수 없었다. 나는 다른 사람들이 해둔 것처럼 한 송이의 국화 줄기를 안치단 뚜껑의 나사 틈으로 억지로 밀어넣었다. 돌아오는 내내 손끝에서 짓무른 풋내가 났다.

나이든 어른 한 분이 졸음을 이기지 못하고 뒷자리에서 슬쩍 코를 골았다. 버스는 이제 도시 외곽 도로로 접어들어 속도를 내기 시작했다. 엄마도 내 어깨에 기대어 설핏 잠이 들었다. 나는 고개를 빼들고 통로 건너편에 혼자 앉아 있는 할머니를 보았다. 할머니는 자주색 커튼 가까이 얼굴을 숨기고 조용히 울고 있었다. 소리 나지 않게 손수건을 손에 들고 눈물과 콧물을 가만가만 찍어냈다. 그러나 온전히 숨기지는 못해서, 이따금 훌쩍하고 코를 들이마시는 소리가 나고 또 목구멍 아래에서 오래 차오른 숨이 입술 사이로 새어 나오기도 했다. 앞자리에 앉은 아빠는 그 기척을 등으로 느끼며 창밖으로 멀리 시선을 던지고 있었다. 야생 유채 꽃밭이 도로 옆으로 넓게 이어졌다.

해명할 수 없던 밤이 지나고

1

정지향의 첫 소설집에는 이제 막 한 시절이 지나가버렸음을 알아차린 사람들이 있다. 내가 알던 세상은 더이상 예전 같지 않다는 것. 한때 나를 울게도 웃게도 살게도 했던, 나의 전부였던 시기는 끝나버렸다는 것. 내가 머물렀던 세계로부터 이제는 떠나왔다는 것. 나는 지금 완전히 다른 곳에 놓여 있다는 것. 극적인 동요나 과잉된 성찰 없이 지난날들로부터 멀어졌음을 담담하고도 예민하게 받아들이는 단절의 감각이 『토요일의 특별활동』을 감싸고 있는 기본적인 정서다.

전작인 장편소설 『초록 가죽소파 표류기』(문학동네, 2014)에는 자유롭게 여행하며 성장하는 청년들이 있었다. 성인의 문턱에 있던 지방 예술대학교 학생은 사회의 어엿한 구성원이 되기를 꿈꾸기도 하고 동시에 끝없이 방황하면서 세계를 떠돌아다니곤 했다. 때로는 명랑하게 때로는 낭만적으로 표류하던 청춘들의 여정은 『토요일의 특별활동』에 이르러 다시 돌아오지 않는 지난날이 되었다. 그 여정에 깃들어 있던 기대는 자신감과 희망으로 생동하기보다, "한차례 물류 차량이 다녀가고 나면 자리는 다시 채워"(「교대」, 193쪽)지고 마는 지방도시의 편의점처럼 끝없이 교체되는 무언가가 되어버렸는지도 모른다. 이십사 시간 내내 불이 밝혀져 있는 그 안에서 빈자리와 여유를 상상해보는 것은 더이상 쉬운 일이 아니다.

그러나 "계절이 흘러가는 동안 일출이 빨라지고 다시 차츰 늦어지는 매일의 변화"(같은 쪽)를 섬세하게 알아차리듯, 정지향의 소설은 지나간 시간 속에 잠들어 있던 작은 의미들을 예민하게 하나씩 건져올린다. 흥겹게 들뜬 분위기, 끈적이는 애정, 알 수 없는 외로움과 바닥에 닿을 듯한 우울, 술과 음악과 사랑이 뒤섞인 밤, 언어화하지도 이름 붙이지도 못했던 나날은 이제 거리를 두고 바라볼 수 있는 지난날이 되었다. 정지향 소설의 인물들은 그 기나긴 밤들 사이마다 뭉쳐져 있던 감정에서 빠져나와 새로운 눈과 마음으로 어딘가를 향해 걸어가고 있는 것 같다.

2

한 시절이 지나가버렸다는 단절의 감각은 상실의 경험을 동반한다. 무언가를 잃어버렸다는 느낌은 "먹먹함과 함께 깊은 해방감"(「휴가」, 219쪽)을 남기는 누군가의 죽음이나 친구나 애인과의 이별에서 오기도 하지만, 표면적으로는 아무런 균열 없이 지나간 듯 보이는 일상 자체에서 흘러나오기도 한다.

「알레르기」는 한국인 여성인 수주와 여덟 살 연하의 미국인 교환학생 댄의 사랑 이야기를 그린다. 석사과정을 수료하고 학원강사로 일하고 있는 수주는 어느 날 동아리 선배가 만든 술자리에서 댄을 만난 후 빠른 속도로 사랑에 빠지고, 사귄 지 얼마 안 돼 댄이 머무는 빌라로 이사한다. 소설에서 두 사람의 사랑은 현재진행형이 아니라 과거의 일로 회상된다. 집안에서 발가벗은 채로 영화를 보고, 섹스하고, 아이스크림을 먹고, 장난과 욕을 주고받으면서 나른하고 자유롭게 보냈던 나날. 그러나 두 사람의 시간은 "그런 여름이 다시 올까?"(126쪽)라고 묻는 수주의 목소리가 삽입되면서 곳곳에서 중단된다. "한 시절이 끝났다는 예감은 이상하리만치 담담했고 그러나 동시에 단호했다."(127쪽) 드라마틱한 다툼도 폭발하는 갈등도 없지만, 두 사람의 미묘한 차이들이 각도를 벌려가면서 지긋지긋한 권태와 이별에 대한 예감은 조금씩 커진다. 한국사회의 이른바 'K-적 모멘트'를 영상으로 찍는 작업을 하고 있는 댄에게 수주의 동생이 자살해 찾아간 장례식장은 임권택 영화에서 축제처럼 그려진 장례식과 나란히 놓이고, 미국의 새로운 대통령을 애니메이션의 악당쯤으로 받아들이는 수주에게 히스패닉계 이민 3세대인 댄의 정치적인 고민은 좀처럼 와닿지 않는 것이다. "재밌고, 가볍고, 공짜인 것"(147쪽)으로 가득 채워졌던 두 사람의 시간은 해명할 수 없는 감각 속에서 조금씩 변해가고, 수주는 자신과 다르게 앞으로 더 많은 미래가 남아 있는 댄을 보며 자신이 청춘으로부터 멀어졌다는 것을 실감한다. 수주가 부모님과 함께 자살 유족 모임에 다녀오는 길에 댄이 인스타그램에 올린 영상 클립을 보면서 느끼는 쓸쓸함도 그러한 감각에서 연장된 것이다.

서울로 올라오는 길에 수주는 댄의 인스타그램에 업데이트된 클립을 보았다. 서울에는 다 늦게 눈이 오는 모양이었다. (……) 댄은 영상 위에 푸른색 손글씨로 이렇게 썼다. 'people are getting old with inexplicable tears.' 그러니까 해명할 수 없는 울음을 울 때 사람은 조금씩 늙는다, 고. 수주는 과연 그렇다고, 고개를 끄덕이며 수긍했다.(145~146쪽)

수주는 시간이 흐른 후에도 댄과 나눴던 사랑이 몸속에서 예민 반응을 일으키는 알레르기 물질처럼 잠복해 있게 될 것임을 느낀다. 스스로도 이유를 알 수 없는 눈물을 흘리면서, 그럴 때마다 조금씩 늙어가면서.

한편 헤어진 연인이 등장하는 「아일랜드 페스티벌」은 돌이킬 수 없는 상실을 겪은 이후의 마음을 그린다. 인디 잡지사의 기자인 '나'는 어느 여름날 P섬에서 열리는 소규모 음악 축제인 아일랜드 페스티벌을 취재하러 갔다가 전 남자친구인 재훈을 만난다. 이 년 전 베를린으로 유학을 떠나면서 '나'와 헤어졌던 재훈은 원하던 대학원에 합격하지 못하고 다시 귀국해 사진 촬영 아르바이트를 하러 페스티벌에 온 것이다. 음악과 맥주와 인파 속에서 진행되던 페스티벌은 점점 거세지는 폭우로 인해 재난의 현장으로 바뀌어간다. 그런 상황에서도 아랑곳 않고 사진을 찍고 환호하는 관객들 속에서 '나'는 재훈과 사귀면서 그의 친구들과 어울려 다녔던 과거를 회상한다. "같이 있을 때면 그다지 부끄러울 것 없던 날들"(162쪽) 가운데 운동권 출신의 고학력자인 재훈의 부모님을 만나면서 느꼈던 미세한 괴리감, 출국 전 재훈과 마지막으로 함께 묵었던 부티크 호텔에서의 분위기, 그리고 "무엇도 내 세계를 바꿀 수 없어"(176쪽)라는 노랫말을 의심 없이 믿었던 나날을 다시 볼 수 있는 거리감이 이제야 생긴 것이다. 이 년 전 재훈과 보냈던 마지막 밤은 이후에 '나'가 겪어온 시간과 겹쳐지면서 새로운 밤을 만들어낸다. "재훈이 건너갔던 밤들과 내가 건너왔던 밤들이 모두 모인 것처럼 완전한 어둠"(181쪽)은 이제 '나'만의 것이기 때문이다. '나'는 아일랜드 페스티벌이 있었던 그날의 사건을 기사로 작성하지는 못했지만, 누락된 '나'와 재훈의 이야기는 이제 다시 쓰일 준비가 된 것 같다.

3

그런데 이들은 어떤 세계로부터 떠나온 것일까? 그 기원에는 한국사회에서 여성 청년으로 자라며 통과해온, 성정체성과 섹슈얼리티에 대한 호기심이 이름 붙여지거나 경계 지어지지 않은 채 들끓는 세계가 있다.

소설집의 표제작인 「토요일의 특별활동」은 '놀토'라는 제도가 도입되었던 2000년대 중반을 배경으로 한다. 중학생인 '나'는 격주로 하는 특별활동으로 테니스부에 지원하지만 적성연구부에 배정되고, 그곳에서 만난 동성 친구 정민과 점점 가까워진다. '나'는 레즈비언이라는 소문이 있는 정민의 집에서 정민과 함께 껴안고 누워 있거나, 퀴어 커뮤니티에 성정체성에 대한 고민을 부풀려 소설처럼 쓰거나, 그 커뮤니티에서 알게 된 레즈비언 언니네 집에 정민과 같이 놀러갔다가 그날 밤 언니와 정민이 키스하는 장면을 보기도 한다. 이러한 일들을 경험하면서 '나'는 욕망과 성정체성에 대한 고민을 이어나가지만, 언니와 정민이 키스하는 끈적한 소리에 그저 눈을 감아버림으로써 경계의 언저리에만 머문다. 그러니 이 소설에서 '적성연구부'는 특별한 은유로 읽힌다. 적성연구부는 "각 반에서 가장 조용할 것 같은 아이들"이 모이는 곳이자 "모든 부서 중에서도 적성을 찾지 못한 아이들을 위해 준비된 보루"(11쪽)로서, 청소년기에 성정체성을 모색하는 과정의 은유이기도 한 것이다. 그리고 소설에서 그 과정은 구체적인 사건이나 분명한 성찰이 아닌 풍부한 의문과 섬세한 기미를 통해 진행된다.

「한나」에서는 그러한 섬세한 기미가 예술대학이라는 공간을 배경으로 조금 더 구체적으로 발현된다. 진아는 고등학교 시절 문학회에서 알게 된 동생이자 자신과 같은 대학에 진학한 한나에 대해 각별한 마음과 혼란스러움을 동시에 느낀다. 심사위원들에게 어필할 수 있는 작품을 곧잘 써왔던 자신과 달리 고등학교 시절부터 언니에 대한 애증, 불안, 질투가 담긴 소설을 고집스럽게 써온 한나에게 호기심과 애정이 뒤섞인 감정을 느끼는 것이다. 문학회 선배의 장례식에 같이 다녀온 이후 한나가 자주 진아의 자취방에 찾아오면서 소설에 대한 열망과 서로에 대한 친밀한 감정은 조금씩 깊어진다. 진아는 한나가 고등학교 시절 임신 중지를 하고 대학에서 강사와 부적절한 관계를 맺는 과정을 밀착한 거리에서 지켜보지만, 결국 한나가 휴학 신청을 하고 호주로 워킹 홀리데이를 떠나면서 두 사람은 멀리 떨어지게 된다. 「토요일의 특별활동」의 '나'와 정민의 관계와 마찬가지로 진아와 한나 사이에서도 표면적으로는 이렇다 할 사건이 일어나지 않지만, 시간이 흐름에 따라 진아가 한나에게 느꼈던 불가해한 감정을 조금씩 인식하고 호명하게 되면서 변화가 일어난다.

가끔 안고 싶고 만지고 싶었는데 진아는 그것이 어떤 감정인지 스스로에게도 정확히 설명하지 못했다. 좋아한다거나 혹은 욕망을 느꼈다거나. 어쨌든 그런 식으로 언어화할 수 없는 감정이었다. 그냥 한나가 곁에 있을 때, 한나의 살냄새를 맡을 때 그쪽으로 손을 뻗고 싶었다. 그건 한없이 말갛고 단순한 욕구였고, 그래서 때때로 마치 그냥 저질러버려도 아무 상관 없는 일처럼 느껴졌다. 하지만 진아는 그렇게 하지 못했다. 막아둔 둑으로 물이 차는 것처럼 천천히 감정은 차올랐다.(48쪽)

인정하고, 호명하고 나서야 차차 편안해지는 관계도 있다는 것을 진아는 그때 알게 되었다. 한나와 술을 마시고 소설을 읽고, 또 마주앉아 끝없이 강사에 대한 이야기를 듣던 밤들에도 진아가 인정하지 못하던 사실이었다. 한나에 대한 자신의 감정을 똑바로 바라보자마자 거짓말처럼 진아의 마음이 차분해졌다. 뭔가가 둑을 넘어 천천히 흘러나가는 것이 느껴졌다.(54쪽)

중요한 것은 정지향 소설에서 이러한 감정의 변화가 종종 청

(소)년들이 예술을 학습하고 훈련받는 예술계의 문화적 분위기를 배경으로 하여 나타난다는 점이다. 소설 속 인물들이 관계를 맺는 데 주요하게 작동하는 이러한 배경은 진아가 한나에게 느끼는 감정에 복잡한 겹을 만들어낸다. 거기에는 단지 섹슈얼한 욕망만이 있는 것이 아니라, 같은 소설가 지망생들 사이의 미묘한 경쟁심과 인정욕구가 개입되고 자신이 가지지 못한 문학적 재능에 대한 동경과 이상화가 함께 일어나는 것이다. 동시에 소설이 포착하는 것은 술자리에서 남자 강사가 여학생들을 대상으로 "적절하지 않은 눈빛과 적절하지 않은 스킨십"(43쪽)을 아무렇지 않게 일삼는 예술대학교의 분위기다. 남자 강사가 소설을 핑계 삼아 한나에게 성적으로 치근덕대는 동안, 진아는 한나가 강사의 연락을 기다리고 스스로를 의심하며 피폐해져가는 모습을 바라보면서도 이를 말리지 못한다. 오히려 뛰어난 문학적 재능과 매력적인 외모를 가진 한나의 고유한 특성이 깎여나가고 "구체적인 소문 속에서 분류되고 정형화된 소녀 중 하나"(50쪽)와 겹쳐지는 모습을 시시각각 확인한다. 또래에게 동경과 흠모의 대상인 한나의 고유성이 가스라이팅 당하는 여학생의 전형성과 이질적으로 부딪치면서, 그리고 종국에는 한나가 호주로 유유히 사라지면서, 예술계의 기울어진 젠더 구조에서 약자인 젊은 여성의 위치성이 역설적으로 부각되는 것이다.

4

「한나」에서 미세하게 감지되던 젠더 폭력은 「리틀 선샤인」에 이
르러 남성들의 집단적인 성착취와 성매매 산업에 대한 선명한 문
제의식으로 드러난다. 몇 해 전 문예지로 데뷔한 후 자기소개서
첨삭과 같은 아르바이트로 생계를 유지하고 있는 '나'는 여름을
맞이하여 태국으로 떠나 장기 여행자들이 거주하는 콘도에 머물
면서 소설을 쓰려고 한다. '나'는 "실망할 일"이 없도록 "아무런
기대도 하지 않는"(109쪽) 태도로 조금은 느슨하게 살아가는 사람
에 가깝지만, 여행지에서 벌어지는 크고 작은 일들을 맞닥뜨리게
되면서 어떤 변화를 보인다. 수영장에서 익사했다는 한 관광객과
밤중에 숙소에서 목을 맸다는 다리 잃은 다이버. 콘도에서 일하는
여자와 그의 어린 아이 탄야. 나이가 꽤 많지만 친구처럼 살갑게
대하는 태국인 숙박객 소피. 그리고 무엇보다 '나'는 포마드 머리
를 하고 석 달째 콘도에 머무는 한 한국인 남자를 보고 성매매를
하러 태국에 오는 한국 남자들의 커뮤니티를 알게 된다. 태국의
클럽과 유흥업소를 알선하는 섹스 투어리즘이라는 추악한 산업을
만들어낸 한국 남자들의 문화는 태국의 어둡고 조용한 밤과 뒤섞
여 '나'에게 감각된다.

'나'는 이에 대해 적극적으로 해석하거나 개입하지 않지만, "저
런 걸 쓰면 되겠네. 네 소설"(120쪽)이라고 얘기하는 소피의 말을

듣고 소설을 쓰기 위한 자료를 수집하기 시작한다. 자신이 몸담고 있는 세계 안에서 벌어지는 일을 소설이라는 형태의 이야기로 만들고 기록하는 행위는 스스로를 납득하고 해석할 수 있도록 도와준다. '나'는 조금씩 선선한 바람이 불어오는 밤공기를 느끼면서, 소피와 탄야가 서로에게 "아이 러브 유" "아이 미스 유" "아이 니드 유"(122쪽)라고 말하며 문장 연습을 하는 목소리를 듣는다. 그들의 목소리가 실린 이국적인 공기 속에서 쓰일 글에는 아마도 '나'가 충분히 이해하지도 의미화하지도 못했던 자신만의 시간도 새로 쓰일 것이다.

「베이비 그루피」에는 그렇게 지나간 시간을 솔직하게 직면하면서 자신만의 이야기를 신중하고도 견고하게 다시 쓰는 사람이 있다. '나'는 신설 예술고에 입학하면서 같은 반 학생 네 명과 함께 공동 거주 공간을 얻어 살게 된다. 애초에 '나'에게 별로 관심이 없는 부모와 멀어진 채로 이어나가는 예술고 생활은, 한국사회 구조에서 예술가 지망생이 청소년기부터 학습하고 훈련하도록 요구받는 것들이 얼마나 젠더화되어 있는지 그 미세한 차별 기제를 드러낸다. 이를테면 남학생은 외모적인 특징이 개성으로 여겨지는 반면, 여학생의 경우에는 살을 빼라거나 "표정과 목소리, 자세와 몸매를 부러 모진 말로 자극"(64쪽)하는 등 외모에 직접적으로 관련된 조언이 공공연하게 이루어진다. 뿐만 아니라 수업에서 테너시 윌리엄스의 『욕망이라는 이름의 전차』를 다룰 때에도 여학생들은 "앨마를 연기하기 위해서는 순수하고 고결한 태도와 관능을 모두 이해할 줄 알아야 한다"(86쪽)는 이야기를 듣는 등 성적으로 대상화된 인물을 연기하도록 교육받는다. '나'는 그 안에서 미묘한 불편함을 느끼면서도 이에 대해 적극적으로 저항하거나 문제의식을 키울 기회를 얻지 못한다.

문제는 이러한 구조가 학교 바깥의 예술계에도 비슷하게 이어진다는 것이다. 소설은 그러한 구조의 사각지대에서 가스라이팅이 어떻게 성립, 진행되고 젠더 폭력이 어떻게 비가시화되는지 드러낸다. '나'는 어느 날 같은 집에서 사는 친구 초와 함께 홍대 라이브 클럽에 다녀온 뒤로 한 밴드와 가까워진다. 술과 담배로 흥건한 클럽의 분위기 속에서 고등학생인 '나'와 초는 스스로를 초대받지 못한 방문객이라고 여기지만, 밴드의 프런트 맨이자 보컬인 P가 '나'에게 개인적으로 접근하기 시작하면서 그 분위기에 점점 익숙해지게 된다. 뒤풀이 자리에서 밴드의 남성 멤버들은 예술과 사회에 대한 진지한 토론을 나누기도 하지만, 그 이면에는 여성 팬에게 사적으로 접근하여 가스라이팅과 성폭력을 저지르려는 의도가 깔려 있다. 자신을 자연스럽게 집으로 데려가 제대로 된 합의 없이 성적인 관계를 맺으면서도 그 누구에게도 여자친구라고 소개하지 않고 '일반적인 데이트'도 하지 않는 P를 보며 '나'는 "P의 곁에 있기 위해서 외면해야 하는 수많은 불가해한 감정"(93쪽)을 억누르며 버틴다. 밴드의 멤버들이 여성 팬에게 그런 방식으로 접근한다는 걸 모두가 알고 있으면서도 그 점을 명료하게 언어화해서 표현하지 않고 쉬쉬하거나 모른 척한다는 점에서, 남성에게만 선별적으로 할당되고 숭고한 것으로 미화되는 '자유로운 예술가' 이미지는 부지불식간에 젠더 폭력과 공모하고 있는 셈이다. '나'는 예술계에 자연스럽고 촘촘하게 스며든 그런 분위기에서 미세한 폭력을 감지하면서도 "몸이 보내는 신호를 적극적으로 의심"(79~80쪽)하는 방식으로 자기 안의 불편함을 뭉갠다. 그러다 '그루피'라는 단어를 알게 되면서 자신이 경험한 일이 무엇이었는지 응시할 수 있게 된다.

P와 내가 하고 있는 이 일에 이름을 붙여보고 싶은 충동에 휩싸였다. 처음에 P가 나를 만나고 싶어했을 때 나는 우리가 곧 연인이 될 거라고 낙관했다. 그다음엔 우리가 과정을 거치고 있는 거라고 생각했다. 하지만 지금은 불안했다. 그러고 보면 언제나 그랬다. 만나자는 제안을 하는 쪽은 늘 P였고, 그는 내가 보낸 문자에 한나절이 지난 뒤에나 답장을 보내오곤 했다. 아예 며칠이고 답장을 하지 않다가 오늘 올 수 있어? 거두절미 묻기도 했다. 나는 그런 시그널을 그러모아 상황을 해석해보려고 했다. 내가 본 영화들, 읽어온 희곡들, 그리고 온라인에 떠돌아다니는 연애에 대한 온갖 자료를 떠올려보았다. 그것들은 모두 이 관계의 위험성을 꽤나 경고하고 있는 것 같았다.(83~84쪽, 강조는 인용자, 이하 동일)

어느 저녁 한참을 구글링한 끝에 나는 그루피라는 단어를 찾아냈다. 지난여름 내내 내가 정체를 밝혀보기 위해 노력했던 P와의 관계가 그 단어 안에 명확하게 정리되어 있었다. 내가 본 건 그루피라는 단어에 대한 정의가 아니라, 홍대 씬에서 그루피를 보는 일이 얼마나 불쾌한지에 대한 개인적인 소회를 적은 포스트였음에도 나는 곧장 그 의미를 알아챌 수 있었다. 그곳에서 사람들이 나를 보는 눈빛과 P가 나를 대하는 태도에서 지겹도록 체화해온 것이기 때문이었다. 내가 아는 모든 것을 그러모아보아도 설명되지 않던 한 시절이 그 단어의 발견과 함께 빠르게 무너져내렸다. 그날 나는 울지 않았다. 문득문득 눈물이 난 것은 그후로 며칠이 지난 어느 날, 또 몇 달이 지난 밤들이었다.(94쪽)

P와의 관계에 대해 "이름을 붙여보고 싶은 충동"을 느끼면서 관련된 "시그널을 그러모아 상황을 해석해보려고" 하지만 번번이 실패하던 '나'는 '그루피'라는 개념을 찾아낸 끝에 두 사람 사이의 폭력을 정의할 수 있게 된다. 개념이란 구체적이고 주관적인 경험들을 명료한 언어로 설명함으로써 스스로를 이해할 수 있는 그물이 되어주기 때문이다. 그 단어의 발견과 함께 '나'는 자신이 느꼈던 '불가해한 감정들'을 더이상 외면하지 않고 P와의 관계가 사랑이 아니라 폭력이었음을 비로소 인정하게 된다.

「베이비 그루피」의 빛나는 점은 예술계의 기울어진 구조를 감당해야만 했던 여성 청소년 '나'의 곁에 비슷한 경험을 한 동성친구 초의 존재를 둔다는 것이다. 소설의 처음과 끝은 이 모든 폭력의 과정이 아니라 두 사람이 동행하는 장면으로 감싸여 있다. 비 오는 날 홍대의 좁고 퀴퀴한 골목에 있는 클럽으로 들어간 뒤 "초가 손을 뻗어 말려 올라간 내 치맛자락을 가만히 끌어내려주"(61쪽)는 장면으로 시작하는 소설은 결말에 이르러 대학생이 되어 다시 만난 두 사람이 당시의 기억을 나누는 장면으로 마무리된다.

힘들었겠네.
한참 뒤 초가 말했다.
너도 힘들었겠네.
내가 말했다.
초가 아니 진짜로, 하고 말하면서 몸을 돌려 내 앞에 와서 섰다. (……) 나는 겨우 입을 열어 그러니까, 너도, 하고 답했다. (……) 초와 나는 그대로 자리에 주저앉아 웃었다. 뭐가 웃기는지도 모르면서. 웃음은 잦아든 뒤에도 딸꾹질처럼 입가에 남아 좀체 완전히 멎지 않았다. 초와 나는 여전히 웃음을 좀 흘리면서, 천천히 문을 밀고 찬바람이 부는 바깥쪽으로 걸어나갔다.(101~102쪽)

'나'와 초는 호들갑스럽게 공감하거나 대단한 위로를 나누지 않는다. 과잉되게 자책하거나 불필요하게 미안해하는 대신, 서로가 겪어왔을 고립의 시간을 이해하며 담담하고 건조하게 대화를 나눈다. 서로에게 더 손을 뻗지 못하고 곁에 있어주지 못했던 시기도 이미 지나가버렸음을 알기 때문이다. 그리고 예술계의 남성 연대가 '자유로운 예술가'라는 상에 기대어 암묵적인 공모로 끈끈하게 이루어지는 것과 달리, 끊임없는 성적 대상화와 폭력의 위험에 노출되어 있는 어린 여성 예술가들에게는 서로의 고통을 알아차리고 나눌 수 있는 사회적 자원과 기회 자체가 척박하다는 것을 이제는 알기 때문이다.

두 사람은 그렇게 새로운 단계로 걸어나간다. 서로의 눈을 똑바로 쳐다보면서, 지나간 나날은 웃음으로 흘려보내면서. 뭐가 웃기는지도 모르면서 서로를 보며 웃음을 멈추지 못하는 이 마지막 장면에서 기묘한 가뿐함과 카타르시스가 느껴진다면, 그것은 과거의 자신을 끝까지 집요하게 마주하는 시선이 있기 때문일 것이다. 정지향의 소설은 젠더 폭력의 가해자를 고발하고 억압적인 구조를 드러내는 데서 머물지 않고 결국 자신의 삶을 향한다. 먼지 쌓인 과거를 꼼꼼히 되짚어보고, 작은 의심도 그냥 지나치거나 부정하지 않으면서 지나간 괴로움, 후회, 부끄러움과 일일이 악수한다. 그럼으로써 영영 내 것이 아닐 것만 같던, 이해할 수도 해명할 수도 없던 시간들을 비로소 자기의 것으로 만든다. 그리고 자신이 초대되지 않은 세계에 편법으로 침입했던 것이 아니라 나를 초대

할 수 있는 것은 나 자신뿐이라는 것을 깨닫는다. 지나간 모든 괴로움과 후회뿐만이 아니라 그것들과 뒤엉켜 있는 음악과 기억 역시 온전히 나의 것이 된다. 해명할 수 없던 밤은 이제 지나갔기 때문이다.

작가의 말

어떤 아침에는 오래 침대에 머물렀다. 꿈속에서 그는 새침한 얼굴이었다.

왜 그런 이야기를 썼어. 난 이렇게 살아 있는데. 네가 몰랐던 것뿐.

밤사이 수치심은 겹겹이 내려앉았다. 말하자면 젖은 무명천의 모양으로. 그 아래에서 나는 순하게 항복했다. 매일 근육이 줄었다. 물렁 인간이 되면 어떨까? 지금보다 더? 응. 가방을 짊어지거나 키보드를 두드릴 수 없을 정도로.

그러나 그렇게 쉽게 끝나는 이야기는 아니라서,

어떤 날에는 보풀 제거기를 가지고 연인의 집으로 갔다. 내가 알지 못하는 옷을 하나씩 무릎 위에 올려두고 문질렀다. 기계가 지나간 자리는 새것처럼 매끈했다. 내내 그렇게 살고 싶다고 생각했다. 오래된 옷은 곧 또 보풀이 일고 얇아져 끝내 구멍이 나기도 하겠지만, 그런 순리에 대해선 모르는 척, 성실하고 의심 없는 삶의 노동자가 되고 싶었다.

퇴근을 하고 돌아온 연인에게는 이국적인 음식을 먹으러 가자고 졸랐다. 우리가 모르는 것을 먹자. 코와 입에 낯선 향을 묻히고 돌아와 잠들자.

끝끝내 깨달은 듯 새로 얼굴을 씻는다. 만번째 착각일 수도 있고, 이번에야말로 정말일 수도 있다. 육 년간 느리게 쓴 소설을 묶는다. 모든 사랑과 여행과 실수가 몸안에 영원히 쌓이는 것이라 믿으며 쓴 소설도 있고, 아무리 진득한 날도 흘러갈 수 있음을 알아가며 쓴 소설도 있다. 나는 이제 겨우 다른 사람의 표정을 제 것인 양 흉내내지 않을 수 있게 된 것도 같다. 그런 서른 살의 무렵.

나를 자꾸만 작가라고 불러준 사람들을 생각한다. 이름 대신, 농담처럼, 거듭해서. 장난 섞인 그 목소리들이 희미한 나와 내 이야기에 몸을 만들어주었다. 무언가 써보라며 책상과 방을 내준 사람들도 있다. 책으로 묶어도 될 때라고 거듭 전화를 걸어준 편집자 내리 선배와 첫 책에 이어 달콤한 옷을 입혀준 디자이너 현우

님, 그리고 작은 진심을 찾아 읽어준 당신들을 생각하며 용기를
낸다.

2020년 가을
정지향

수록 작품 발표 지면

토요일의 특별활동 ······ 『악스트』 2016년 11/12월호

한나 ······ 문장 웹진 2018년 9월호

베이비 그루피 ······ 『새벽의 방문자들』, 다산책방, 2019

리틀 선샤인 ······ 웹진 비유 2020년 9월호

알레르기 ······ 『문학동네』 2018년 여름호

아일랜드 페스티벌 ······ 『호텔 프린스』, 은행나무, 2017

교대 ······ 『우리는 날마다』, 걷는사람, 2018

휴가 ······ 『학산문학』 2019년 여름호

문학동네 소설집
토요일의 특별활동
ⓒ정지향 2020

초판 인쇄 2020년 10월 16일
초판 발행 2020년 10월 26일

지은이 정지향
펴낸이 염현숙
책임편집 김내리 | 편집 이상술
디자인 김현우 유현아 | 마케팅 정민호 박보람 우상욱 안남영
홍보 김희숙 김상만 지문희 김현지
제작 강신은 김동욱 임현식 | 제작처 영신사

펴낸곳 (주)문학동네
출판등록 1993년 10월 22일 제406-2003-000045호
주소 10881 경기도 파주시 회동길 210
전자우편 editor@munhak.com | 대표전화 031) 955-8888 | 팩스 031) 955-8855
문의전화 031) 955-3576(마케팅) 031) 955-8864(편집)
문학동네카페 http://cafe.naver.com/mhdn | 트위터 @munhakdongne
북클럽문학동네 http://bookclubmunhak.com

ISBN 978-89-546-7536-9 03810
• 이 책의 판권은 지은이와 문학동네에 있습니다.
  이 책 내용의 전부 또는 일부를 재사용하려면 반드시 양측의 서면 동의를 받아야 합니다.
• 이 도서의 국립중앙도서관 출판예정도서목록(CIP)은 서지정보유통지원시스템 홈페이지
  (http://seoji.nl.go.kr)와 국가자료종합목록 구축시스템(http://kolis-net.nl.go.kr)에서 이
  용하실 수 있습니다.(CIP 제어번호: CIP2020042278)
• 이 책은 서울문화재단 '2019년 창작집 발간 지원사업'의 지원을 받아 발간되었습니다.

잘못된 책은 구입하신 서점에서 교환해드립니다.
기타 교환 문의: 031) 955-2661, 3580

www.munhak.com